慈怀读书会 著

以喜欢的
方式
去生活

中国友谊出版公司

人生是一条漫长且艰辛的道路,愿走在这条道路上的你,永远朝气蓬勃、热泪盈眶。

目录

Chapter1　以喜欢的方式去生活

人这一生仅有一次，苦了自己，怨了别人，又何必呢？不如坦然面对自己，以喜欢的方式去生活，随心随愿，任性而活。

按自己的意愿过一生　　_002

你这样委屈自己，又如何配得上更好的人生　　_009

你要知道我们的人生并没有第二次　　_017

我不过只是看起来很美的生活　　_025

我不上班，但我是个好姑娘　　_034

Chapter2　你离理想的生活，还差多远

我们对未来都抱有期望，为了将来能更好地生活，我们总要为自己拼一拼。最好的年纪，不拼搏，做什么都是浪费。

你向往的生活是什么样的　　_042

我的山河　　_047

见过更大的世界，才更懂得生活的意义　　_060

好的人生，不能闲　　_066

你离理想的生活，还差多远　　_073

你想要的远方，永远都在前方　　_083

Chapter3 成年人的生活，没有容易二字

成年人的世界众生皆苦。即便如此，人到中年，不会轻易在别人面前叫苦，因为心里知道，这世上没有感同身受这种事。谁不是在一边波澜不惊，白天照常嬉笑怒骂，一边咬牙坚持，多少次深夜里泣不成声？

人到中年，你认怂了吗？　　_092

自律，是一场自己与自己的博弈　　_102

杀不死你的会让你更强大　　_110

最高级的愉悦，是取悦自己　　_118

答应我，别嫁给那个消耗你的人　　_128

重复去做一件事的时候已是最深的喜欢　　_135

Chapter4　纠结是你不快乐的根源

叔本华说，人生就是在痛苦和无聊中摇摆，如果求而不得便心生痛苦，如果无欲无求便空闲无聊。实际上，一切纠结的根源不在于可选择的有多少，而是你总想选择更好的。可是人生总要有所舍弃，才能得到更好的。

执着，是野蛮生长的天然养分　　_144

做自己才是最重要的事　　_152

不痴魔，不成活：活得最带感的都是偏执狂　　_159

成为你自己，是最好的教育方式　　_165

明明很洒脱，却为什么越来越不快乐　　_175

Chapter5　每一种平凡，都有答案

每个人都有自己的光芒，每个人都有自己的故事，我们不是为了别人而活，过好自己的生活，比什么都重要。每一种平凡的日常，都有值得期许的小确幸。

每一种平凡，都有答案　　_182

对不起，我注定会辜负你的期待　　_189

认真地瘦，优雅地活　　_197

通往沙漠的路上，站着想看大海的人　　_206

幸福就是，以自己的方式定义生活　　_215

做自己喜欢的事情，才是理想人生的捷径　　_222

Chapter1
以喜欢的方式去生活

人这一生仅有一次,
苦了自己,怨了别人,
又何必呢?
不如坦然面对自己,
以喜欢的方式去生活,
随心随愿,
任性而活。

按自己的意愿过一生

» 李尚龙 / 文

1

在姐姐的孩子出生前,我一直思考着一个问题:

这孩子出生后,他看到的这个世界,会是什么样的呢?

那时,我把手放在姐姐肚子上,已经能感到他踢妈妈肚子的力量了。真奇妙,从什么都没有到一个能动的生命,造物主做了什么功?

我妈在一旁笑得很开心。我忽然明白,妈妈想到了当时怀我们的样子。

我也慢慢从知道到懂得,母亲是真伟大。

⊙ 孩子，等你长大了，一定要学会珍惜每一天，按照自己的意愿活一生，因为一个人的生命，实在太伟大了。

妈妈对我说,看到我们一天天长大,真好。

我知道妈妈曾经受过的苦,于是我对妈妈说:"您当年受的苦啊,我不会再让身边任何一个人受了,您和姐姐都是。"

姐姐在一旁笑得很开心。

那些天,因为迎接新生命的到来,总让我时刻充满着期待和感动。

回到家,已是深夜,我坐在电脑边,翻看我和姐姐一起成长的照片,看我们还是孩子时的视频,忽然觉得,生命好神奇,人都会长大,每天都有人来,也有人离去,来了的人每天都在变,走了的人又去了何方?

没人知道,我知道这是个哲学问题,一般人想不明白,但我们能明白的是,**生命如此伟大,为何不珍惜每一天?为什么不按照自己的意愿过一生?**

也就是那天,我问姐姐:"你觉得他以后会成为什么样的人啊?"

姐姐说:"无所谓,只要他喜欢。"

2

我曾经去过洛杉矶的一个公园,那里有个被陨石砸出的坑。导游说,据说这个陨石砸下来后,恐龙就灭绝了,一种统治世界那么久的生物,忽然就没了生命。

导游说得很感叹。

我安慰他说:"也好,于是有了人。"

导游叹了口气,说了句让我震耳欲聋的话:"所以,人的生命是多么难得与脆弱啊!"

从那之后,我每天都在思考:**我们一直以为生存是人应得而且自然的事情,其实,生存才是人的特权。**

造物主给了我们生命,我们却在这么浪费着,完全忘了,能看到第二天的朝阳,就是生命最大的馈赠。

所以,我们不应该感恩生命吗?不应该感谢造物主吗?不应该珍惜每一天吗?

父亲告诉我,当年母亲怀我和姐姐时,每天都睡不好。

姐姐说,现在她也睡不好,向左侧,左边肋骨压得难受,躺着脊椎压得疼。

她说:"当了母亲,才知道母亲的伟大。"

我跟姐姐说,等孩子长大了,我一定会告诉他:孩子,你一定要学会珍惜每一天,按照自己的意愿活一生,因为一个人的生命,实在太伟大了。

3

那些天,我几乎每天都在姐姐家,陪她看书,打游戏。

我见证过生命的起源,也见证过生命的结束。我开始反思自己的生活,回想起那些自己无法掌控的日子。

其实每个人都知道，人一定是会死的，但不是每个人都能接受而且面对它，都以为人可以活很久，然后浪费着自己的时间，委屈着自己，做自己不愿意做的事情。

他们还会安慰自己，以后会更好。却从未想过：以后万一没来呢？

"如果明天是最后一天，你还有什么后悔的？"这是我曾经问过自己的一个问题，问完这个问题后，我就从军校退学了。

至今，我都认为这是我做过的最好的一个决定。

某天吃饭的时候，我跟姐姐说："我不会再因为任何人的期待而改变自己的生活方式！谁也不行。"

姐姐笑了笑，没有再说话。她明白我在说什么，也支持我的想法。

4

有时，我一直很恨在军校的那几年，恨那些人和制度对我造成的伤害。那些让人失去自由的时间，我不会忘记。

所以，我几乎闭口不谈那些年的经历。

如果说那些年给我留下最深刻的启迪，就是我开始明白自由的可贵。

当一个人体验两天自由被剥夺和生命被支配的日子后，人立刻就会有两种表现：第一种是习惯了；第二种，痛定思痛，再也不愿意浪费生命了。

幸运的是，我选择了后者。

这些年，我把每天都掰成几天过，几个身份对别人来说很累，但对我来说，是一种恩赐。

我不愿意浪费一分钟、一秒钟。

我感谢生命，感谢现在拥有的一切。我痛恨虚伪，因为虚伪意味着浪费每个人的时间。我热爱自由，热爱自律和自由共存的每一天。

有时候我会发现，所谓的痛苦被放在生命的横轴上时，那些所谓的痛苦其实都是无聊的。

比起生命的伟大，那些不如意又能算得了什么呢？

每一个新生的生命，都背负着世间万物的恩宠，都背负着来自各方的期待，于是不堪重负的我们，习惯不了生命之轻。我对外甥没有期待，也不希望他过得太碌碌无为，但当他长大成人后，我只想对他说一句：**珍惜每一天，努力变强大，然后按自己的意愿过一生。**

⊙ 每一个新生的生命,都背负着世间万物的恩宠。

你这样委屈自己，
又如何配得上更好的人生

》 尹惟楚 / 文

1

以前公司有个实习小姑娘，性格不错、为人也很好。

公司里无论谁喊她帮忙，大事小事她都是随叫随到。大家自然都很喜欢她，一说起她也都是啧啧称赞。

有次，去楼道吸烟，看见她蹲在楼道拐角处，肩膀不停地耸动。听到我的脚步声后她抬起头，擦了一下眼睛。

我觉得有些尴尬，想客套地安慰几句，但觉得还是不好，最后递了张纸巾给她。她说了句"谢谢"，沉默一会后主动和我聊了起来。

原来，昨天另一同事叫她帮忙核对数据，后来数据出了差错，上午交上去后被领导打了回来。而那同事却直接把她供了出来，并说这是她主动要帮忙的。

所以领导又把她叫过去一起批评了一顿。

同事工作上的失误，顶多就是削减项目提成。但她还在实习期，这可能直接关系到她的去留问题。

我说："你为什么不直接向领导说明情况？"

她嗫嚅着说："多一事不如少一事，忍忍算了。万一她以后记恨我，我也不好过。"

我有些无语。

同事都知道她好说话，在相处的过程中也看出了她软弱的特性。而那个同事本就不是善类，在公司是出了名的自私自利，有事情自然就往她身上推。

她的委屈迎合并没有给她带来任何好处，反而成为一些人得寸进尺的依仗。

无论职场还是人生，如果一个人遇到什么事情，都试图依靠委屈自己来解决，那肯定是行不通的。

2

曾经和一个读者聊天。

她说自己在和前男友的相处中总是处于劣势，两人一旦发生什么矛盾，妥协的肯定是她，最后主动和好的也是她。

这种相处模式让她觉得非常累。尽管如此，最后男生还是选择了和她分手。

分手的时候前男友说："我真的很感激你的好，有时我都为自己的无理取闹感到自责与羞愧。但也正是因为你对我太好了，对我无止境地包容，无条件地妥协，让我觉得承受不起。"

对于前男友的分手理由，她觉得很荒谬，更是无法接受。

后来男生有了新欢，两人的共同好友告诉她，男生每天在朋友圈花式秀恩爱，今天给女友做饭，明天陪女友逛街，各种百依百顺，和以前比较完全是截然不同的两个人。

以前两人在一起的时候，她给男友做饭洗碗，陪他打游戏看球赛。两人吵架她让步，心情不好就顺着他。而现在他把这些都反过来给了别人。

比起分手时的难过，这种前后的强烈反差更让她无比愤怒。

我理解她的感受，但对于他男友的选择，也并非完全无法理解。

爱情的本质源于互相吸引，爱情长久的秘诀在于吸引力的维持。

而在爱情里过于委屈自己，就会失去自己的个性。一个没有个性魅力的人，伴侣只会感激她的好，但绝不会产生长久的依恋。

3

无原则无底线地委屈自己,其实就是一种对别人的放纵,放纵他们的情绪侵犯。而带来的后果便是自身的人格特征被无限钝化,最后所有的付出与牺牲也会被当成理所当然。这种现象不止表现在人际关系和爱情里,在亲情中同样如此。

认识的一个女孩,在重男轻女的家庭环境中长大,从小父母给她灌输的教育就是要听话懂事。父母总是把家庭最好的资源留给弟弟,而她更多的是一个附庸,甚至被当成是一项长远投资。

她学业优秀,毕业后想要继续考研深造,但父母以需要她帮忙减轻家庭负担为由,否定了她的想法。

他们要求她毕业后立马参加工作,负责弟弟以后的生活和学习费用。更奇葩的是劝她不要急着谈恋爱,先攒钱给弟弟付一套房子的首付。

所以毕业时面对更好的深造机会,她选择放弃。工作后面对所喜欢男生的追求,她不敢接受。

她也知道父母这样做不对,但就是无法拒绝。宁愿委屈自己,也要遵从他们。

这一度让她消沉,甚至患上了轻微的抑郁症。后来她联系了心理医生,在医生的建议以及身旁朋友的劝导下,她才决定远离原生家庭。

她还是会从经济上支援家庭,但不再对父母言听计从,面对他们

⊙ 无原则无底线地委屈自己,其实就是一种对别人的放纵,放纵他们的情绪侵犯。

那些不合理的苛刻要求，也能坚决地予以拒绝。

也是从那时候开始，她体验到了一种从未有过的轻松，二十多年来第一次感觉到是为自己而活。

4

蒋方舟曾在《奇葩大会》中提到一个词：讨好型人格。

讨好型人格最主要的特征便是隐藏真实的自己，展示给别人他们想要看到的一面，迎合他人的情绪与需求，以求在一段关系中获得稳固的发展。

生活中真的存在这样一种人，宁愿委屈自己去迎合别人，也不愿表达自己的情绪。他们把委屈自己当成一种与人交往的方式，试图在迎合别人中寻找到与生活和解的钥匙。不敢表达自己的不满，害怕展示自己的情绪。

这种代价其实是非常巨大的。

一个人都不能面对自己，又怎么可能获得心理上真正的快乐？而当自己无法满足旁人的需求时，那种看似稳固的关系，瞬间就会崩塌瓦解。

学会自爱,方能为人所爱。一个人需要有点棱角,才有更大可能获得他人的肯定与尊敬。

你这样无原则地委屈自己,又怎么可能赢得一个更好的人生!

⊙ 会自爱，方能为人所爱。

你要知道
我们的人生并没有第二次

» 烟波人长安 / 文

有个朋友跟我矫情:"你说要是人生能重来一回,该多好啊!"

我说:"是啊,这样去年喝酒,你就会知道别喝太多,最后也不会抱着路灯跳钢管舞了。"

朋友:"……"

我又说:"这样前年你就会知道,你们公司的大门晚上 10 点之后自动上锁,要输入密码才能开,也不会半夜哭着给别人打电话说你要死在公司了。"

朋友辩解:"……我是说别的事情!"

她说,她真的很希望人生可以重来一次,这样大一的时候,她就可以勇敢地去追那个她很喜欢的男生,就算最后不能在一起,也能留下宝贵的回忆。

这样大二的时候,她就不会相信男朋友的鬼话,觉得他还跟前女友藕断丝连是因为他深情,她可以给他一个巴掌,让他滚。

这样大三的时候,男朋友跟前女友复合,要和她分手,她就不会像个傻子一样在他宿舍楼下哭着站两个小时。她会冷冷一笑,潇洒地走开,迎接新的生活。

这样大四的时候,她就不会听爸妈的话,"女孩子一个人在北京没有未来的",于是回了老家;也不会听他们的话,"女孩子25岁还没嫁出去很丢人",于是23岁就开始相亲。

她也许会坚定地留在北京,也许会在那个她爸妈觉得"没有前途"的公司干下去,一点点打拼事业,也许还会遇上一个喜欢她,她也喜欢的男生,一起为两个人的将来努力。

"要是能重来一次多好啊……"她趴在餐厅的桌子上,一脸迷茫。

很巧,就在她和我说这些话之前,也有一个男生和我说,他希望人生可以重来一次。

如果人生可以重来一次的话,他会很认真地看女朋友给他发的微信,很认真地回复,而不是怪她打断了他的游戏副本。

如果人生可以重来一次的话,他会在女朋友跟他埋怨公司怎么压榨实习生、克扣工资的时候认真地安慰她,建议她换一家公司,而不

⊙ 还能选择的时候,认真地想一想;还能坚持的时候,努力坚持一下。

是说"有点儿困,我先睡了"。

如果人生可以重来一次的话,他不会让女朋友夜里 12 点独自回学校,不会一吵架就把她扔在大马路上,不会忘掉她的生日。更不会明明是因为他忘掉了,还要强词夺理:"不就是一个生日吗,明天补过一个就好了,你至于跟我发这么大火?"

很可惜的是,想明白这些的时候,他们已经分手半年了,女朋友变成了前女友,再过半年,又变成了别人的心头好。

这种"悔不当初"我听过很多:

> 要是当时吵架没有说那句狠话就好了。
> 要是她不开心的时候陪在她身边就好了。
> 要是那时候知道珍惜心爱的人就好了。
> 要是那时候坚持自己的想法就好了。
> 要是那时候没有草率地放弃自己喜欢的工作就好了。

可惜,人生没有那么多"要是……就好了"。

以前,看一个漫画,男主昏迷,女主在一边和男主说话,说"人生要是有五次就好了,这样的话,五次都要住在不同的城市,五次都要吃不同的食物,五次都要做不同的工作,然后……五次都喜欢上同一个人"。

但,哪有那么好的事儿。

别说五次了，人生连第二次都没有。

没有抓住的人就是错过了，没有维护的感情就是消失了，没有争取过的生活，就是拿不到了。

当年觉得恋爱真麻烦、一言不合就分手的你，慢慢学会了在感情中互相理解、互相磨合，但已经走出你生命的人再也回不来了。

当年觉得学一门技能太累、虚度了时光的你，慢慢意识到掌握一项爱好的重要，但再想开始学，可能精力已经不够了。

当年觉得生活稳定就行、不想承受太多挑战的你，忽然发现温暾水的生活在消磨你的进取心，但你放弃的那种可能，也很难再捡起来了。

我们都想活得尽可能漂亮一些，不吃亏、不犯错、一帆风顺、四平八稳，跟喜欢的人一直在一起，有问题解决问题，有困难克服困难，种瓜得瓜，种豆得豆。

现实是每个人都有一段磕磕碰碰的日子，喜欢的人不敢追，在乎的人不敢说，想要的生活被人劝一两句就打了退堂鼓，好不容易和合适的另一半在一起，又不知道该怎么对他／她好。

这种事，指望"再来一回"是不可能的。

还能选择的时候，认真地想一想，还能坚持的时候，努力坚持一下。

成不成功不一定，至少你不会后悔，不会在某个午夜梦回的时刻，想要"再来一回"。

何况那些错过的事情，错过就错过了，再去想也没有意义。

不如收拾收拾过去的经验教训，继续往前看。

这就好像和别人聊天一样，聊完回想一下，总觉得自己没发挥好。

那怎么办？

记住这次的坑，下次绕开就是了。你总不能把那个人拉回来，听你再从头到尾发挥一遍吧？

恋爱也一样，每次分手都是一堂课，明明白白地告诉你，后悔没有用，但下次再遇到合适的人，你不能犯同样的错。

生活也一样，每次遗憾也是一堂课，清清楚楚地告诉你，捶胸顿足没有用，下次有了合适的机会，你要把它抓住。

就像文章开头那个朋友，她听从父母的话，回家待了三年，终于在一次相亲中、被第三次问起"你愿意生几个孩子"的瞬间，整个世界全部崩溃。

第二天她就收拾东西回了北京，经朋友介绍进了一家小公司，从底薪 3500 做起，经过三年打拼，慢慢晋升到年薪税后 10 万。

当然，你要按照北京市最新的人均月薪来算，她这个也就勉强及格。

但至少她在一点点变好，至少她有了自己想要的人生。

工作稳定了，人也开始动了别的心思，前阵子天天让我给她支着儿，说她看上公司一个小男生，问我该怎么撩他。

还有那个后悔没有对前女友好的男生，下次谈恋爱，估计就学会

⊙ 人生是没有第二次,但永远有下一次。

了怎么对待别人。

至少他未来的女朋友，不用在深夜自己回家。

人都是一样的。因为错过，所以不想再错过，因为失去，所以不想再失去，因为退缩，所以不愿意再退缩。

人生是没有第二次，但永远有下一次。

下一次你就知道该大胆地表白了，下一次你就知道不该辜负别人的心了，下一次你就知道不该随便退缩了，下一次你就知道，你想要的东西都要你自己去争取。

这样一想，之前摔得那么狠，好像也不是什么坏事儿。

毕竟，不摔一下，你也不知道有多疼啊。

我不过只是看起来很美的生活

》 李月亮 / 文

1

前段时间,我的工作室要设计 LOGO,朋友给我介绍了某杂志的设计总监 C。

互加微信后,我翻了下 C 的朋友圈,想了解她的设计作品。不想作品没看到,却见识了一个白富美的完美生活:

开宝马 7 系,LV、香奈儿手包来回换,35 岁了长得像 25,肤白貌美大长腿,还特别瘦。

最关键的是,人家过得特别悠闲,在我忙得晕头转向的工作日下午,人家在咖啡馆发呆,在樱花树下遛狗,在跟各界大咖喝着普洱老茶畅谈人生……总之,营造了相当华美的气场。

不过我也没太当真。毕竟这些年见证了太多货不对板的朋友圈传奇。

几天后，约了朋友和 C 见面聊。

约好上午 9 点，快 10 点了 C 还没到。朋友说肯定是在化妆——"她每次出门都要化至少仨小时，根本就是用生命在化妆。"

好不容易等来了。袅袅婷婷的一个精致女人，确实很美。

只是我无暇欣赏，因为中午还有安排，想赶紧谈完正事走人。

但 C 一坐下来就开始聊她新买的玉坠，她最近接触的大项目，她昨天去的法式餐厅……我几次试图拉回她，让她说说对我家的 LOGO 设计有什么想法。她言之无物说两句，又扯到跟某老总的饭局。

最后我不得不打断她，强行告诉她我的要求，让她出个价格和基本创意思路。

她说回去商量一下。

等了半个月，我催了两次，C 终于给了我一个远低于我预算的价格，和一份远远低于我预期的设计初稿。

我当下就知道这不是个干实事儿的人，立刻决定放弃合作。

后来跟推荐 C 的朋友聊，她也没料到 C 出手那么差——"以前只知道她过得不怎么样，没想到活儿也不怎么样。"

"她过得不好吗？"我问。

朋友说："看着富贵逼人，其实根本没钱。车是前任给买的，包是高仿的，她到现在也没房子，经常搬家，任职的杂志社快倒闭了，勉强发个基本工资，她完全是靠这个男人给个卡、那个男人给点钱过日子，但男人们也都不傻啊，你再美，不付出点什么，人家给两次也就扫兴了。其实她也不想靠男人，但是离了杂志社她也不知道自己能干吗……"

啊哦。一个人活成了一个舞台，却也只是看起来很美而已。

炫目的灯光背后，原来是这般狼狈和空虚。

2

那个LOGO后来我找了另一个姑娘做。

姑娘是美术学院硕士毕业，和老公在农村弄了个400平方米的大房子，做了个工作室。

小夫妻都很有才，设计水准一流，所以也很贵。

我之前也是因为贵，没找他们。但是经过C那一役，我改了主意。

姑娘的朋友圈，和C完全是两个画风。除了她和老公的设计作品，还有很多趣事：比如，她老公蹲在院子里给村民画像；比如，他们养的鸡钻进工作室踩一脚颜料，然后在地板上闲庭信步，搞得到处都是彩色的鸡脚印。

姑娘开口就是"我们村"，听起来像个村姑，但字里行间都流淌着满足感。

她朋友圈里有张照片，是她光着脚丫、扎着丸子头坐在洒满晨光的大客厅里画画，那样子真是太迷人了，我看了很久都看不够。

当然，姑娘设计的 LOGO 也很赞。我打开看到第一眼，就觉得还愿意多付点钱。

这个喜欢穿宽大棉布衫的姑娘，看起来无比普通，但她做着喜欢的事，过着喜欢的生活，月入十几万，要多舒服有多舒服。比那位徒有其表的 C，大概要幸福 120 倍。

3

我有个妹妹，她老公家挺有钱的。

俩人谈恋爱时，她爸妈觉得闺女走了狗屎运，这高枝儿无论如何得攀上，于是一直催着结婚。

妹妹当时已经感觉这个富二代并不怎么适合她，但大家都说是一门好亲事，她也就半推半就地嫁了，而且一结婚就辞了职。

现在，她儿女双全，不用上班，拿着老公的银行卡刷刷刷，时不时带着孩子出去玩玩玩……看起来特别美。

其实呢，她一周见不到老公一次，孩子有爸爸跟没爸爸差不多。

婆婆性格古怪，家里请的保姆只做饭，带孩子必须妹妹亲自来。

最可怕的是，她和老公基本没话说，说话超过三句就要争吵起来。老公带着女同事出差，她问都不敢问，怕他烦，更怕问出什么事儿来自己面对不了后果。

结婚八年，妹妹基本就是做了八年的老妈子。她不知道这日子什么时候是个头。

她想过离婚，但以婆家的强势，离了婚，孩子可能一个都不会给她，她受不了。而且她爸妈也绝不会同意。好不容易飞到金窝里，哪有主动飞出来的道理！

妹妹说她羡慕每一个普通家庭的妈妈——钱不多，但够花。下班去菜市场买鱼买菜，一家人说说笑笑吃晚饭。不爽了就凶巴巴吵一架，吵完了再热腾腾继续过。多好！

4

记得大学毕业时，我们班一个女生的爸妈天天打电话劝她考公务员，因为"稳定，说出去有面子，将来找对象也好找"。

她偏不，说："我肯定考不上，也真心不喜欢，你们饶了我吧。"

她爸妈不饶，还劝。把她劝急了，说："到底谁找工作？你俩那么喜欢公务员你俩考去，考上好好找对象。"

这个段子当时在我们班传了好久。到前几天聚会，很多人都还记得。

现在这个女生已经是一家互联网公司高管，基本跑在行业最前沿。

用她的话说，"还不错，生活充实，内心富足。其实公务员也不错，但不适合我。"她说："一辈子这么长，不能只是看起来很美啊。"

现在想想，这妞挺厉害的。20岁时就特别清楚自己要走怎样的路。

☉ 一辈子这么长，不能只是看起来很美。

很多人可能到了60岁还不懂得遵从内心过自己的生活。

而人和人的命运,大概也是在这种差别里拉开了差距。

5

一个人应该过怎样的生活?如果非要给出个标准答案的话,我觉得应该是:真真正正符合自己内心的期待,跟谁换你都不乐意。

这句话的意思是:

> 一个人活得好不好,应该与大众审美、亲友期待无关,而只关乎你的内在体验。

换句话说,你爸妈怎么说,你同学怎么看,你亲戚朋友邻居同事觉得怎么样,统统不重要。重要的是,你觉得好不好。

生活这双鞋,是24小时穿在自己脚上的。如果有个人,千足金造一双高跟鞋,亮瞎全世界的狗眼,但穿起来迈不开步、走不动路、一双脚磨得血肉模糊,你会不会笑她傻?

你一定会说,咳,哪如一双轻便合脚的软底棉布鞋。

但现实里,就是有特别多人,被虚荣心驱使,被父母的意见左右,被别人的眼光绑架,一步一步违背了初心,穿上了那双纯金做的鞋,过上了"只是看起来很美"的生活。

而这种美好的假象，像一剂迷药，迷惑了别人也让自己成瘾。你一旦走到这里，就不得不耗神耗力地维护这表面繁荣，那种内心真正喜欢的生活，就很难再回去了。

人生是由大大小小的选择组成的。如果你每一次做出选择时，标准都是"看起来很美"而非"我真的想要"，那么最后，你一定会为这一路愚蠢的虚荣心付出惨重代价。

真的，太多人为虚荣心付出了无谓的代价。

我们真的应该好好想想：为了别人一个艳羡眼神，过着特别不舒服的生活，真的值得吗？

不如趁早换上你的棉布鞋吧。奔跑跳跃，幸福自由。

过日子不是装样子，要对得起自己才行。

否则，你怎么坚持一辈子？

⊙ 美好的假象，像一剂迷药，迷惑了别人也让自己成瘾。

我不上班，但我是个好姑娘

» 婉兮 / 文

1

我辞过两次工作。

第一次在 25 岁，高先生的小公司赚了点钱，他信誓旦旦地要养我，我便回家当起全职太太来。

三个月后，我对没完没了的家务生了厌，饭也做得有气无力，躺在沙发上一遍遍刷剧时，无聊和空虚总是一阵一阵袭来，让人丧到极点。意识到这不是自己想要的生活后，我又马不停蹄地找了新工作，兢兢业业地做了三年上班族。

但从 2017 年年底开始，约稿与合作纷至沓来，我在工作与写作之间忙碌，辞职的心思又不知不觉地冒了出来。因为和上班相比，我更享受输出一个个文字的快感，也更能感知个人价值正一点点实现。

可我不敢轻易辞职，一个待在家里的人，总会被误解为好吃懒做、无所事事。于是我又无奈地坚持了半年，最终实在熬不过连轴转的辛苦，才下定决心，义无反顾地做了自由撰稿人。

这一年，我28岁。

但这一次，家不再是禁锢我的牢笼，书房成了办公室，而我，不过是换了个地方工作。

别人上班时，我也坐在电脑前奋笔疾书，用辛勤付出来换取经济回报与心理满足。从本质上来说，这和上班并没有任何不同。

这就是我想要的生活方式，与旁人有点差异。但你知道，差异从来都不应该成为错误的代名词。只是人们喜欢划出条条框框，用硬标准来评判一个人的幸福值与成功度。比如说，谋一份体面职业、组建家庭、住在高档小区里、存款达到多少万……

2

我认识莹姐的时候，她35岁，未婚，也没有男朋友，独自住在市中心地段最好的小区里。

许多人操心她的婚事，但她自称不婚主义者，对家庭生活男欢女爱并无兴趣。

事实上，从23岁起，莹姐就奔忙在各个咖啡馆与电影院。那时她工作还不到一年,她的妈妈就急吼吼地联络七大姑八大姨,开始安排紧锣密鼓的相亲。

但她还不想嫁。

一方面,是想趁着年轻学习上进,在工作上做出一点成绩;另一方面,也自觉缘分未到,看着言情小说长大的姑娘,心里不免也渴望着爱情光临。

但这两个理由都被妈妈严词否决:"女孩子,结婚生娃才是人生大事!爱情可以当饭吃还是当衣穿?"

莹姐无可奈何,只得顺着妈妈的意思去见了一个又一个高矮胖瘦、职业各异的男人。可见归见,心里却泛不起一丝涟漪,所以相亲之路奔波了七八年,依旧孑然一身。

时间一长,家人怪她挑三拣四,她心里也生出许多失望和厌倦,对未曾到来的婚姻已完全不存幻想。

30岁那年,她手里存够一笔钱,干脆买了一套房子给自己做礼物,随后就搬出来单住,把父母的唠叨催促全部抛在脑后。

她总让我想到杨丽萍,"有些人的生命是为了传宗接代,有些是体验,有些是旁观。我是生命的旁观者,我来世上,就是看看花儿怎么开。"

这就很幸福了不是吗?有事业提供物质基础,有爱好繁荣精神世界。

美满的家庭和体贴的爱人,是锦上添花,却不是雪中送炭。

⊙ "那都是很好很好的,可是我偏偏不喜欢。"

婚姻不过是一种生活方式,并非必然之选。

3

有个热词,叫作"标配人生"。它的核心是循规蹈矩与按部就班,给每个年纪都设置标准配置。

比如,22 岁有一个体面职业、25 岁有一个门当户对的伴侣、30 岁有完完整整的一家四口……所以年轻人始终都在被催促,催着谋职、赶着相亲结婚,再生孩子、生二胎,过成别人眼中的完美赢家。

尽管这些可能不是当事人的意愿。类似的人,现实里一抓一大把。他们通常将梦想束之高阁,一步步对现实妥协,换来波澜不惊却静好安宁的好日子,然后把藏起来的那部分东西定义为"成长的代价"。

我的姨父也是其中之一。

20 世纪 80 年代,改革开放的春风刚刚吹过来,姨父嗅到商机,便打算做些贩卖水果特产的小生意,赚些钱来补贴家用。

那时,他正年轻,敢想敢拼,浑身都是使不完的劲儿,梦想和希望也都在熠熠生辉。

可他的母亲不乐意,三天两头哭着骂儿子忤逆:"我们辛辛苦苦弄来指标让你顶替进厂,你就不能安安生生过日子吗?"

他试图辩解反抗,他的母亲却哭得更凶,甚至以死相逼。没办法,作为一个从吃苦受累走过来的劳动妇女,她把一份稳定的工作看得重于泰山。

姨父只得收了心，规规矩矩地上班做事。转眼大半生匆匆而过，可如今已年过半百的他讲起往事，眼里依然有隐隐约约的失落和伤感。

想做什么就去做，在不违法犯罪的前提下。

因为那些想做却没做的事情，常常会给人生留下悬念，成为遗憾和悔恨的伏笔。

4

当然，我不是认为朝九晚五不好，也没有半点嘲讽稳定的意思。

人生而不同，有人天生喜好安逸稳定，有人却生而具有冒险精神。

而职业与生活方式，从本质上来说，不过是一种选择。幸福无非求仁得仁，根本无法用量化的标准来评判打分。

重要的并非孰高孰低，而是我们都对自己的人生拥有选择权。

《白马啸西风》里有句话，说的是爱情，用在生活却也恰如其分，"那都是很好很好的，可是我偏偏不喜欢。"

因为幸福是一种个人的体验，根本就不存在实际意义上的通用模板。你无法拿着别人的故事来按图索骥，经验可以借鉴，却无法原样复制。

适合所有人的路并不存在，过好这一生的最基本要素，并不是费尽心思去寻找标准答案。

你需要遵循的,其实只是那些成功人士身上的共性:认识自我,找到自己的兴趣与长处,把心思和力量都用到精准之处;努力奋斗,没有谁的成功很容易,拼搏才是过好这一生的必备武器;坚定信念,不必理会他人眼光,能为你的人生负责的,永远只有你自己。

Chapter2

你离理想的生活,还差多远

我们对未来都抱有期望,
为了将来能更好地生活,
我们总要为自己拼一拼。

最好的年纪,不拼搏,
做什么都是浪费。

你向往的生活是什么样的

» 茶又清 / 文

从西宁乘坐青藏铁路列车,一路向西抵达拉萨。

绿皮火车足足走了 23 个小时,在窄小的硬座上睡不好。愈往西,海拔愈高,即便是在含氧的车厢内,也头疼过两回。愈往西,风景愈壮美。远远望见云朵掉进薄雪覆盖的唐古拉山脉,望见水天一色的措那湖、湖边奔跑的牦牛、低矮的藏式房屋……

直到抵达拉萨,曾经遥不可及的梦,像是一下子触及。

在旺季,布达拉宫的门票贵且难求。秋河让我在客栈睡觉,他自己排一整夜求得两张票。次日正午,烈日炎炎,我随他排队登上一层层台阶,抵达红土墙外。按照"讲究",跨门槛时,秋河左脚先进,我右脚追随。两人一路紧紧牵手,生怕被拥挤的人群挤散了。

高原的夜来得晚,约莫 9 点天才黑,布达拉宫之上的夜空像一片蔚蓝色的海洋,不带一丝杂质。而海拔 5000 多米的纳木错夜空,星光汇成一条银河，美得令人动容。

秋河说："似乎找到了活着的动力。要好好活着，陪你看更多地方的星。"。

后来，工作之余，我们前往江南，看乌镇的小桥流水，吃杭州的定胜糕，赏西湖的日落；也去云南故地重游，在大理逛市集，骑车环洱海抵达双廊，住洱海边的客栈；也去繁荣的香港，一起吹维多利亚港的海风，在南丫岛乘船出海，吃西贡刚从海里打捞上来的新鲜龙虾……然而，这些都是我向往的共同旅行。

秋河没机会随我远走高飞。那些地方，只有我独自走过。也曾遗憾，只能当秋河的眼睛，替他领略四季风光，无法任性地带他踏上那片土地，取当地玄乎的素材写有趣的故事。

秋河说："真想像你一样，想去哪儿就去哪儿，翻山越岭，挑战极限运动。"

少年的梦，从远行回到现实，一直努力活着和工作。而他曾帮助的 17 岁少女，至今都不敢相信，她的梦会一个个实现。从拥有出走远方的勇气，到拥抱自己想做的事。

我选择写作时，并不顺意。在迷茫时，问自己无数次，你到底要做什么。当一段低潮过后，我终于放下恐惧的心绪，朝九晚六的工作。

偏偏这时，写作选择了我。

写作最初于我，好比独自走在漆黑的隧道里，不知前方有多漫长，没想过自己能遇到什么，只看准前方的路，埋头走。

直到有一天，写作于我，如耕作。上帝不会善待荒掉土地的农民，哪怕你是个新农。历经数月，我摘下树上甜美可口的果实，分享给陌生人，也不曾想过对方会回馈什么，反而有些感谢，感谢这一份相遇。

　　或许某一天，在深秋的夜里，坐在庭院的树下乘凉，头顶是璀璨星空，耳畔虫鸣蛙鼓，手捧一杯茶或冰爽的酒，眼前是烛光，透过烛光看见心爱的人。一阵清凉的晚风袭来，刮下几片树叶落得沙沙声响，与他看看星星，或像以往那般共同探讨书籍。

　　如果可以，希望种的是果树，或者樱花树。

　　如果可以，希望写作之余，行走天南地北，与好友久别重逢，爬山、看海、喝酒、跳舞。

　　再不济，若是独自一人，也要有属于自己的小屋，在晒得到太阳的阳台养些花花草草。花前月下，打着灯笼，继续做与旅行为精神好友、与文字为心灵好友之人。

　　来到世间一趟，不能够过自己想要的生活，人生怎么都缺个洞。

　　可这一生中，很多人离自己所向往的生活太远，我也不例外。

　　为了谋生或家庭责任，不得不放下喜欢做的事。到了一定年纪想恋爱，却找不到相爱之人。几年见一回好友，偶然相聚发现昔日好友已与自己没有共同爱好。埋头工作，年年没法旅行，渐渐地，只窝在出租屋中，失去独自远行的勇气。

　　偶尔也会问他人，怎样才能做自己喜欢的事？抑或，怎样才能找到自己喜欢的事？

将喜欢的事变为职业，只有一小部分人如此幸运。大多数人，在现实的工作中，慢慢发现其中的乐趣，取得一些成就感，分享自己学到的善知识，这未尝不是一种成功。

向往的生活，是一种追求。

喜欢古龙的那句："假如你要什么就有什么，这人生中还有什么是值得你去追求的？"

也喜欢自己在第一本书的后记中写的话，想送给看到这里的你：愿你渐渐靠近自己向往的生活。即使很难，也别忘记。

⊙ 来到世间一趟，不能够过自己想要的生活，人生怎么都缺个洞。

我的山河

» 余秋雨 / 文

1

我生长在一个靠山傍河的小村庄,是地地道道的"山河之子"。不知从哪里来了一群神秘的女教师,和我妈妈一起,把我从家乡的山河拉进了书本。后来,书本又把我推进了城市。在读了很多很多书,经历了很多很多灾难之后,我终于蓦然醒悟,发现一切文化的终极基准,人间是非的最后衡定,还是要看山河大地。说准确一点,要看山河大地所能给予的生存许诺。

根据这个认知,我终于出逃,逃回山河大地。从此,我的脚步再也不会蹈空凌云,我的文笔再也不会高谈阔论,我的思绪再也不会离开苍原苍生。但是,这并不只是"返乡",而是把广袤无垠的真实空

⊙ 我在山河间找路,用短暂的生命贴一贴这颗星球的嶙峋一角。

间当作了自己的家乡。

让我高兴的是，广大读者接受了我。而且，顺着我，从书斋文化、官场文化、互捧文化、互斥文化，走向了平静而低调的生态文化。

生态文化！人们走了多少弯路，终于灰头土脸、青头紫脸地重新抱住了它。我有幸领了个头，常被问到，何以有先见之明？也许，真与我这个"山河之子"的生命原点有关。

很多年前我就在一本书中表述过一个观点：真正结束中国"文革"灾难的，是唐山大地震。中国，突然窥得了人类生存的底线。

也就是说，一场天降的自然灾害，从根子上否决了人为的政治灾害。数十万生灵的霎时陨灭，使原先陷于极左痴迷的中国惊呆了。

各地慌忙驰援，但贫困之极的大地，能拿得出什么？当时还有少数人想把"天灾"引向"人祸"，继续在血泊废墟上闹点政治话题，但绝大多数中国人已经不理他们，而是补了一门有关"生存底线"的"天地之课"。我一直认为，那次大地震后不久"文革"结束，以及后来的改革开放，都是这门最原始课程的延续。

唐山大地震发生时，我正隐潜在家乡的一座山上研读中华文化经典。因地震，我联想到了祖先遇到天灾时创建的"补天""填海""追日""奔月"等等神话，一下子摸到中华文化的"生存底线"。这个过程，我在《中国文脉》一书中曾经写到。

从此，中华文化的"生存底线"，一直盘桓在我心中。

后来，我也曾系统研究了世界上十四个国家在哲学、美学、艺术学上的种种成就并写成了好几本书,获得了很高的学术声誉。但很快,又转回到了我的学术原点:只从文化人类学、历史地理学的视角,来探询中国文化的生存状态。

正是为了这种探询,我在二十几年前便辞去一切职务,孤身投入旷野。

由于辞得干净,我走得很远很远。

"读万卷书,行万里路,两者关系如何?"这是我碰到最多的提问。

我回答:"没有两者。路,就是书。"

从学术上说,我是从文本文化走向了生态文化。

我的生态文化,也可算之为山河文化。我在山河间找路,用短暂的生命贴一贴这颗星球的嶙峋一角。

2

那么,就让我们简单扫描一下中华文化的生存状态。

地球,这个在银河系中几乎找也找不到的小颗粒,十分之七是海洋,十分之三是陆地。在一块块陆地中,最大的一块是欧亚陆地。在这块陆地东边,有一个山隔海围的所在,那就是中国。

中国这地方,东部是大海,西北部是沙漠,从西到西南,则是高原。光这么说还显得平常,因此,必须立即说明,大海是太平洋,沙漠不止一个,都很大,而高原则是世界屋脊。那就是说,这是一片被严严实实"封"住了的土地。

在古代,那样的海是无法横渡的,那样的山是没人攀越的,那样的沙漠是难于穿行的。结果,这地方就产生了一种"隔绝机制"。幸亏,它地盘不小,有很多山,很多河,很多平原,很多沼泽。人们安于一隅,傍水而居,男耕女织,春种秋收,这就是多数中国人的生存状态。

这种生存状态又被说成"靠天吃饭"。一个"天"字,就包括了气温、气候、降水量以及与之相关的种种自然灾害。

"天"怎么样?从中国最近的五千年来说,开头一直温暖,延续到殷商。西周冷了,到春秋、战国回暖,秦汉也比较暖。三国渐冷,西晋、东晋很冷。南北朝又回暖,暖到隋唐五代。北宋后期降温,南宋很冷,近元又暖。明、清两代,都比较冷,直到民国,温度上去一点,也不多。

气候的温度,或多或少也变成了历史的温度。我在《中国历史地理学》(蓝勇著)上找到一幅气温变化曲线图,据注释,此图采自于《中国文化地理》(王会昌著)。这幅曲线图把气温和朝代连在一起,让人联想起一次次无奈迁徙,一次次草衰风狂,一次次生态战争,一次次荒野开拓,一次次炊烟新起……

我相信,不管说大说小,生态原因都是历史的第一手指。即便从最小的角度看,那些著名战争的胜败,其实都与历史学家所强调的将士多寡、君主贤愚、帷幄谋略关系不大。根据传说资料,黄帝能够战胜蚩尤,主要是气候原因。说近一点,诸葛亮的最大亮点,便是"借东风",由预测天气而决定了赤壁之战。成吉思汗纵横天下,他的谋士耶律楚材也是凭着准确的天气预测而取得了最高信任；他的后代攻日本而未成，完全是因为海上台风。

孟子英明，把成败因素分为"天时""地利""人和"三项。这就打破了人类封闭的自足系统，重新仰赖于天地的力量。但是，囿于视野极限，他提出了"天时不如地利，地利不如人和"的轻重模式。其实，更宏观的结论应该是："人和不如地利，地利不如天时。"人太渺小，怎么强得过天地？

是天地，给了我们生存基座，因此也给了我们文化基座。

3

在严严实实的封闭结构中，中华文化拥有三条最大的天地之线，那也可以说是中华文化的基本经纬。按照重要程度排列，第一条线是黄河；第二条线是长江；第三条线比较复杂，在前两条的北方，是400毫米降雨量的分界线，也就是区分农耕文明和游牧文明的天地之线。

我的文化考察，主要是对这三条天地之线的漫长踩踏。

黄河，我几乎从源头一步步走到了入海口。现在的入海口是山东东营，以前的入海口变化很多，本想一一寻访故河道遗址，未能做到。正是在黄河流域，我找到了黄帝轩辕氏的出生地，并应邀担任了"黄帝国际学术论坛"的主席很多年。我猜测了黄帝、炎帝、蚩尤决战的疆场，然后又在殷墟盘桓了很长时间。当然，花时间最多的是在黄河流域寻找先秦诸子的足迹,并把他们与同龄的印度、希腊、波斯的哲人们进行对比。为了对比,我甚至历险万里去——考察那些哲人们生存过的土地,分析不同或相同的生态原因。黄河使我感受到了中华文化的基本性格,以及其中的精英人物有可能达到的思维高度。

由于气候变化,从那个寒冷的西晋时期开始,中华文化随着仓皇的人群一起向南方迁移,向长江迁移。迁移是被迫的,艰难的,但这是天地的指点,不能违逆。

长江也早有自己的文化。与黄河相比,它似乎对宇宙空间有更多的惊惧,更多的疑问,更多的祭拜。于是,从上游三星堆以神秘魔力所铸就的青铜的诗,到下游良渚以隆重祭祀所刻凿的白玉的诗,最后都集中到三峡险峻处那位叫屈原的男子的一系列"天问"。屈原在问,长江在问,人类在问。大问者,便是大诗人。自宋代之后,中国的文化、经济中心已从黄河流域转到了长江流域。中心难免人多,因此又有不少人南行。到近代,南方气象渐成,一批推进历史的人物便从珠江边站起。

我要特别说说第三条线,四百毫米降雨量分界线。这条线,让"天"和"地"密切呼应起来。高于四百毫米降雨量的,可以种植农作物;低于400毫米降雨量的,是草原和沙漠,适合游牧。

有趣的是,这条降雨量的界线,与万里长城多方重叠。可见,万里长城的功用是区分两种文明,让农耕文明不受游牧文明的侵犯。因此,这是天地之力借秦始皇之手画下的一条界线。这样一来,中华文明的三条天地之线,也就是黄河、长江、长城。

4

从长城内侧的农耕文明来看,侵犯总是坏事;但是,从长城外侧的游牧文明来看,用马蹄开拓空间,正是自己的文明本性,不应该受到阻拦。于是有战争,有长城内外一系列奇特的历史。

干燥和湿润发生了摩擦,寒冷和温暖拔出了刀戟,马鞭和牛鞭甩在了一起,草场和庄稼展开了拉锯……

冲突是另一种交融。长城内外的冲突和交融正是中国文化的核心主题,其重要,远远超过看起来很重要的邦国争逐、朝代更替。我平生走得最多、写得最多的,也恰恰是这些地带。

例如,我反复考察了鲜卑族入关后建立的北魏,发现它不仅保护了汉文化,而且让汉文化具有了马背上的雄风,与印度文化、希腊文化、波斯文化结合,气象大振,使中国终于走向了大唐;

我还反复考察了清代康熙皇帝建立的热河行宫,发现它不仅年年让统治集团重温自己的起步生态,而且还让各种生态友善组合,避免冲突;

我又考察了敢于穿越长城北漠、沟通千里商贸的晋商故地,明白了中国本来有可能通过空间突破而获得财富,提升生态……

我的这些考察所写成的文章,都在海内外产生了不小的影响。

⊙ 是天地,给了我们生存基座,因此也给了我们文化基座。

基于对长城内外异态文明的兴趣，我渐渐对一切异态文明都产生了向往。只要有机会就会一次次赶去，考察它们的对峙和结亲，并追踪后果。为此，我孤单的足迹，遍布了云南、广西、贵州、辽宁、黑龙江、吉林、内蒙古，以及我非常喜爱的新疆。按照传统汉族学者的说法，那是边缘地带、塞外地带，甚至干脆说是"无文地带"。他们错了，因为最重大的文化现象，都产生于异态对接之中。小文在他们身边，大文在远方旷野。

我的生命起点，出现在长江流域；我的文化基础，倚重于黄河流域。过了很久才发现，我的远年故乡，应该在甘肃武威，也就在四百毫米降雨量分界线外侧。这一来，这三条天地之线，也成了我自己的生命线。

恍然大悟，原来从祖辈开始，就是一队生态流浪者。我怎么会那么决绝地辞职远行到甘肃高原，以"文化苦旅"来延续千百年的生态流浪？似乎是冥冥中的安排。

5

踏遍了中国文化的一条条天地之线，容易为中华文明产生一点遗憾，那就是对海洋文明的疏离。黄河、长江是农耕文明的杰出代表，长城代表着农耕文明与游牧文明的"隔墙对话"，而海洋文明，则始终未能成为主角。

这一点，一直成为某些中国评论者的批判热点。他们赞颂古希腊、古罗马的海上战迹，羡慕地理大发现之后西班牙、葡萄牙、荷兰、英国、法国的海洋霸权，嘲笑中国对此完全漠然，直至19世纪在诸多海上侵略者面前屡屡惨败。

这种批判忽视了一个宏观前提：地球不存在一种"全能文化"。中国在封闭环境中埋头耕作，自给自足，既没有必要，也没有可能对外远征掳掠。但是对内，却需要对辽阔的黄河、长江流域进行统一治理，以免不同河段间在灌溉和防灾上的互戕。这种农耕生态沉淀成了一种文化心理，追求稳定、统一、保守、集权，即使拥有了郑和这样的航海技术，也无心海洋战略。

是的，中国有太多太多的缺点，但是如果从远处看地球，却会发现蚁蝼般的人群在不大的星球上跨海侵害同类，是多么无聊。相比之下，中国从来没有跨海远征。我想，如果天地有眼，最看不下去的也许是欧洲人16世纪跨海对印第安文明的毁灭，以及19世纪跨海用毒品和炮火来侵犯安静的中国。

我从来不相信任何霸权言论，只愿意观察山河大地的脸色和眼神。偶然抬头看天，猜测宇宙是否把地球忘了。忘了就好，一旦记得，可不是玩的。

趁还有点时间，我觉得比较有趣的事情是多走走，探寻各种历史选择的生态理由。探寻不到便猜测，猜测不到便想象。只有走在路上，才能摆脱局限，摆脱执着，让所有的选择、探寻、猜测、想象都生气勃勃。

我对人类前途的展望，是一种宏大而美丽的悲观。只有走在路上，

使一切活动起来，我们才会凭借着山河找到大量真实细节，真切感受到在天地间活过一次，也许不错。

走吧。陌生的山河迎面而来，又一一退去。行走中的人有权利把脚下的一切称作"我的山河"。有了"我的山河"，也就大体知道，生存是什么。

再宏大的权力也留不住，只剩下与之相关的无言山河。陆游说："细雨骑驴入剑门。"剑门是权力地图中的千古雄关，这样的雄关在中国成百上千。但消解它们的，只是雨，只是驴，只是征尘，只是酒痕。

英雄史诗也会变成文字存之于世，顾炎武说："常将《汉书》挂牛角。"你看，足以包容千般评述、万般赞美的堂堂汉代，也就这么晃荡在牛角上了。那牛，正走在深秋黄昏的山道间。

山河间的实际步履，使一切伟业变成了寻常风景，因此也使我们变得轻松。人类本应把一切都放下，放下在山河之间。因此我们也就找到了终点，价值的终点和生命的终点。这终点，曾被陶渊明准确地表述过："托体同山阿。"

⊙ 陌生的山河迎面而来,又一一退去。

见过更大的世界，
才更懂得生活的意义

》 易小宛 / 文

我们要让 365 天都不一样，而不是同一天过了 365 次。

1

费尔南多·佩索阿曾经说过这样一句话："人与人最大的不同在于：你是真的活了一万多天，还是仅仅生活了一天，却重复了一万多次。"

丹麦摄影师 Peter Funch 花了 9 年的时间做了一个实验，每天早上 8:30 到 9:30 在同一地点中央车站蹲拍。

同一时间，同一地点，他本想看看随着时间流逝，人们的生活会发生怎样的改变。

不曾想，九年如一日的坚持，换来的结果却有些遗憾。

在整理自己的摄影册时 Perer 发现：同样的人竟然在不同的年份，出现在镜头中，甚至重复出现两三次。

从发型、衣着、姿态、表情，甚至人们手中的咖啡、身边的同伴，都高度一致。

城市生活，如机械般重复的一面，就这样以诙谐的方式展现。

几年间，爱笑的人依然爱笑，悲伤的人依然悲伤。

我们日复一日地重复着我们前一天的表情，我们活在固定的模式中。

我们要让自己成长，但是也要有改变的勇气。

2

有个小伙子说："来上海之前，你要是告诉我有人买一千多万的法拉利跟买菜似的，我是不信的，那种故事的桥段，不是应该出现在霸道总裁的故事里吗？别说法拉利了，你跟我说隔壁的女同事一柜子的奢侈包，每天换一个，一个月能不重样，我都会觉得那个人在吹牛。"

后来他在上海待了两年，遇到三位老板。

第一位是一家公司的老板，第一财经报道他是业界著名的富二代，有私人飞机。他喜欢车，有七辆各种颜色的法拉利，半个停车库都是他的法拉利。当年上海车展，他买下了车展中最贵的车。然后小伙告诉自己这是个特例，第一个老板毕竟是少数。

他遇到的第二个老板,上市公司老总,特斯拉刚出来的时候买过一辆,停在公司楼下。他为人低调,白手起家,身价十几亿。

第三个老板,白手起家,游戏行业发家,中午还跟他客客气气吃麻辣香锅、跟他讨论早上例会内容。

小伙子说,危机感和焦虑感,可能来自于你正在见识更大的世界,而这本身是成长的过程。

3

小时候,总觉得时间过得特别慢,每天都慢悠悠地期待着长大。

长大之后才发现,时间又过得如流水,还没有回过神来,这一年又过去了。

就像张爱玲说的,童年的一天一天,温暖而迟缓,正像老棉鞋里,粉红绒子上晒着的阳光。

逝去的那些时光,我们究竟得到了什么?

如果你想说,时光让我们的失去变得越来越多,多到每一天好像都不属于我们自己。

我知道我们总是被工作、生活、压力、未来,好多好多的未知或者已知的困惑所干扰。

可是我们生活本身,不就是让我们用心体验生命的未知吗?

每个人在 80 岁回忆这一生的时候,都不想说是一片空白,没有任何波澜，或者说只是撕了 80 年相同的日历而已。

《超级演说家》冠军刘媛媛，出身寒门，曾经是差等生。考研期间，为了省钱，她和朋友住在筒子楼里，住处的家具已经看不出原来的颜色，屋顶散布着蜘蛛网，生活到了崩溃的边缘。在这样的环境中，她憋足了劲，刻苦学习，终于考上了北京大学法律系。

4

认识于老师是在一个读书会上，于老师作为最年轻的嘉宾，风趣幽默的演讲让很多听众成为他的粉丝。

于老师是一个商人，我觉得他是一个特别爱读书的商人。

他说："几年前在国外留学的时候，连续三个月熬夜辛勤工作，最终换来了这短短的只属于我自己的 10 分钟。今天的课我来讲，还好，换来了一片掌声，赢得了肯定与尊重，又再一次成功地营销了自己。此刻我也好像明白了，我的青春应该是个什么样子。"

如果不曾努力，又怎么会知道自己的人生究竟该是什么样子的呢？

那个你曾经觉得不可能成功的人，那个无数次对生活产生怀疑的自己，我们都曾经历过生命中最消沉的低谷，那些挫折都会成为我们的垫脚石，虽然有时候会砸到我们的脚，但是只要将挫折踩到脚下，我们就会看到未曾看过的风景。

就如村上春树所说："你要记得那些黑暗中默默抱紧你的人，逗你笑的人,陪你彻夜聊天的人,坐车来看望你的人,陪你哭过的人,在医院陪你的人,总是以你为重的人,带着你四处游荡的人,说想念你的人。是这些人组成你生命中一点一滴的温暖,是这些温暖使你远离阴霾,是这些温暖使你成为善良的人。"

虽然生活给了我们很多出其不意的打击,可当你每次大踏步地迈过去的时候,抬头看看头顶的那片天空,你的嘴角还是会不自觉地上扬。

⊙ 人与人最大的不同在于：你是真的活了一万多天，还是仅仅生活了一天，却重复了一万多次。

好的人生，不能闲

» 李思圆 / 文

1

前几天，我去银行找朋友办事，刚好碰到一个保洁阿姨，正在大厅里拖地。

朋友跟我闲聊："能看出来，她的存款有上百万吗？"

我听了后简直不敢相信。

朋友跟我说："这是真的，这位阿姨老家拆迁，补了不少钱。"

这位阿姨原本就是一个地道的农村妇女，不识几个字，更没正式工作，可是她每天都要起早贪黑，要下地干活，要回家洗衣服做饭。那时，她每天都在烦琐的日常中连轴转，日子虽苦，却也过得很充实。

可是自从拆迁以后，有钱了，没活儿干了，她突然失去了生活的奔头和重心，整天待在家里，坐也不是，站也不是，日子过得百无聊赖，甚至产生了一种莫名的空虚感。

后来她到银行存钱，正好看到了招工启事，从那时一直干到现在。她儿子多次劝她辞了工作回家享乐，可是她却说，没事儿做，才遭罪啊。

如今她在这里当保洁，不仅做事打发了时间，还让她很有存在感，觉得自己至少被需要，不是废人。

我有个表弟，大学毕业以后，就蜗居在家啃老，每天的任务就是吃喝拉撒，打游戏聊天发呆。他的日子看似潇洒，却丝毫没有质量，反而是脾气越来越暴躁，性格越来越偏激，心情越来越郁闷。

也许很多人会认为，啥都不做才是最幸福的事，其实恰恰相反。**当你成为一个闲人时，日子不但不会越过越顺，反而会滋生许多问题。**《劝民》里曾说："**不见闲人精力长，但见劳人筋骨实。**"

其实工作是一场修行，无所作为的人，无事可干的人，不务正业的人，一旦闲散起来，不仅活得磨皮擦痒，还会因为闲生出很多事端、恶习、坏毛病。

一个人活着，只有劳动才能创造价值。它可以是体力的，也可以是脑力的。但无论你多么富有，如果每天只剩下吃喝玩乐，什么也不干，那就失去了做人的意义。

2

我们小区有个王大婶，大家都不太待见她，因为她这个人，最喜欢夸夸其谈，搬弄是非，说三道四。她是全职主妇，除了收拾家务，就无事可做，于是她平时就爱到院子里嚼舌根。又因为她的生活实在枯燥无味，只得用别人家的家事、丑事，甚至无中生有的事，作为乐子，跟别人讨论得热火朝天。

刚开始，左邻右舍都不跟她计较，可是时间长了，她开玩笑太过火，甚至有意歪曲事实，这就招致大家的不满。

有一次，她居然编造隔壁王二哥在外面有情人，差点让夫妻俩感情破裂，后来人家找上门来，跟她大闹了一场。而在家里，她也是丈夫躲避的对象，她会因为丈夫晚回家半小时而掀起一场腥风血雨般的拷问。丈夫一再解释，是因为多加了一会儿班，可是她根本油盐不进，执意认定丈夫另有隐情。

丈夫说的每一句话，做的每一件事，哪怕看她的眼神，都会引起她莫名其妙的猜忌，于是她一个人没事找事儿，自怨自艾，没完没了。

终于，她丈夫忍无可忍，提出跟她离婚，若不是亲友相劝，他们早就各奔东西了。

我曾经看过一个故事，有个著名的企业家向朋友们诉苦说，他的妻子总是对他一万个不放心，随时都要打夺命连环call，让他寸步难行，毫无自由可言。

⊙ "不见闲人精力长,但见劳人筋骨实。"

有人建议他，要给妻子足够的安全感。有人建议他，要给妻子更多的爱。可是只有一个人说到了重点，给她找事干，只要是正当的，无论干什么，就是不能让她闲着。

在生活中，人太闲，真不是一件好事。

一则无事容易生非，不仅得罪人，也会让心情郁闷；二则太闲了，就容易胡思乱想，容易钻牛角尖，容易把精力放在鸡毛蒜皮的小事上，让自己和别人都过得不舒坦。

3

我的一个熟人刘姐，曾经有一份稳定的工作，虽然收入不高，可是养活自己不成问题。

她结婚以后，辞了工作，在家相夫教子。刚开始，她的日子过得十分滋润，因为每个月她丈夫给她的生活费绰绰有余，除了正常家庭开销，还剩下不少钱。她隔三岔五就去买新衣服，买新鞋，买新的化妆品。那时，她不费吹灰之力就过上了许多人梦寐以求的好日子。

可是好景不长，后来，她丈夫突然要跟她离婚。她当时完全没有心理准备，纠缠着跟丈夫打了三年官司，后来婚照样离了。

我们本以为，她一定熬不过这个坎儿，毕竟没了丈夫，她既没有了经济来源，也失去了精神支柱。

可是后来她待在家里，自暴自弃了一段时间，发现日子越过越糟糕。于是为了转移注意力，也为了自力更生，她决定早上去包子店打工，下午就去火锅店当帮手，每天从早上5点，忙到晚上10点。

一年以后，她就像彻底变了一个人一样，也不再像刚离婚那会儿，净说丧气话，也不再一哭二闹三上吊，而是一个人练就了养活自己的本领和能力。

她说这全得益于有事做，每天忙得不亦乐乎，即便遇到再心酸的事，也没时间顾影自怜。

其实在感情中，越是闲的人，越容易依靠别人，越容易失去安全感。

记得《我的前半生》里有句台词："**人呀，不能太闲，得有事做，既能排忧解闷，关键时刻，还能助自己一臂之力，不至于没了依靠就倒下，走不动路。**"

有事干，生活就足够充实，无论遇到再大的挫折，就可以消减现实生活中的苦痛感觉。再者有事干，就会给你的生活带来十足的底气，会让你活得更加从容且淡定。

4

其实人太闲，真的有很多弊端。当然也不是说，一味地忙，就是好事。

记得《菜根谭》里曾说："人生太闲则别念窃生，太忙则真性不现。

故君子不可不抱身心之忧，亦不可不耽风月之趣。"

太忙的人，所有时间和精力，都被工作、压力、负荷严重压榨，即便腰缠万贯，生活亦是毫无质量和乐趣可言。

所以要学会给自己适当松绑，可是闲，不是一直无事可干，也不是什么都不做，而是要学会张弛有度，能在纷纭复杂的琐事外，给自己的身体和心灵一个缓冲的空间和时间。

可是大部分人，能准确理解忙的意义，他们知道，忙就是为了让自己更好地闲下来，这样我们就能更好地去感知，去体验，去尝试更丰富多彩的生活。他们误以为饭来张口、衣来伸手、不用干活、不必辛苦的日子，就是闲的意义。其实无论在何时何地，身于何种境况，处在什么年纪，都要懂得在忙中偷闲，在闲中为自己充电蓄能，如此，你的人生就会在忙和闲中，形成良性循环。你的未来，也就更加光明美好。

你离理想的生活，还差多远

» 桃啃笙 / 文

1

你过得开心吗？

如果让你在 30 秒内说出一件让你感到幸福的事情，你说得出来吗？

这两个问题，我问了身边的很多朋友。

第一个答案，几乎所有人都回答"不开心"。

而第二个问题，许多人一下子愣住，发现自己想不出。

焦虑成为我们生活中绕不开的坎儿。

我一个新婚的姐姐，结婚没两天，就开始焦虑房贷的问题。她把结婚时婆家提供的 45 平方米老破小卖掉，倾尽两家之力，外加和丈夫这些年的存款，咬紧牙关换了套 90 平方米的新楼。

姐姐算了下，即便她是"以旧换新"，依然要背负每个月 1 万的房贷，度过 30 年。所以前段时间我俩一起离职，我给自己放了一个月胡吃傻睡的假。她只歇了三天，就去下家报到了。

姐姐说："哪里敢休息，一闭上眼就是车贷房贷的催付单。在家只待了三天，就觉得罪恶深重。"

不单她焦虑，她老公结婚前还是块小鲜肉，背上房贷后肉眼可见地老了五岁，工作之余还接了不少帮人家剪辑婚礼录像的私活，加班加点熬夜工作，就是想多赚点钱，生怕突然来了什么意外，手上一分钱都没有。

想来怪难过的，没有什么能陪你一辈子，爱情会变淡，亲人会衰老，宠物会离世，倒是房贷、车贷不离不弃。

现代人在高昂的生活成本面前，很难找到最原始最纯粹的简单快乐了。

2

"那现在你所拥有的生活，是自己想要的吗？"

姐姐想了想说："是吧。"

她和自己喜欢的人组建了家庭，虽然一时负担不起生小孩的费用，但他们养了条很二的狗。

曾经的她一个人在外地奋斗，背井离乡，无依无靠。直到她遇见了现在的爱人，一下子有了铠甲与后盾。至于那些附加的烦恼，何尝不是生活在逐渐变好的甜蜜负担。

曾经的她以为无论自己多努力，都无法在大城市立脚，终究是要回去的。没想到两年后，她已经在这座城市有了家庭，有了房子，有了稳定且收入不错的工作。

虽然距离自己当初的梦想稍有差池，但至少没跑偏。

"感恩现在所拥有的，也不嫉妒别人得到的，大概是保持心态乐观的良药。"她这样告诉我。

3

你为什么不快乐？

因为我们都是"套中人"。

我们总是喜欢用一套标准，给自己或别人的生活套上枷锁。

比如那句"什么年纪就做什么年纪的事儿"。

所以20岁出头，就被家人催促着相亲。结婚后又被催生，生完还要生二胎。

这好像是一条既定又理所当然的路，你不照做，就是异类。

比如《创作101》里的王菊。25岁的她被认为错过了出道的黄金年龄，长相也不够甜美，完全不符合大众对女团的固有认知，所以一

⊙ "感恩现在所拥有的,也不嫉妒别人得到的。"

开始根本没有人喜欢她,好几次排名都垫底。

但谁说固有认知就是对的呢?

王菊用特立独行的野心和高情商,演绎了一场完美的逆风翻盘。

在被人翻出曾经白瘦美的照片后,面对"你愿不愿意回到过去"的质疑声,王菊说:"我不要。"

虽然白瘦美符合当下的主流审美,但那不是她喜欢的。毕业三年,她做过小学老师、模特经纪,如今又来参加女团选拔,每一次转行都跨界极大,但她也在外人看似冒险的选择中,逐渐坚定了自己喜爱的生活方式。

她选择听从自己的喜好,进行皮肤美黑,身材变得很壮。即便不符合别人的期待,那又如何?她用自己喜欢的方式,活出了自己的特色和标签。至少当101个小姐姐并排站在那里时,王菊是能够给人留下深刻印象的,她是快乐的。这就足够了。

4

回到前面的问题。我们感到不快乐的原因,还有一点就是,**自我成就与他人预期的不匹配**。

我有个朋友,每天都很压抑,她经常凌晨三四点发消息给我,说自己又失眠了。

她有个很凶的上司,对下属管理超严格,甚至到了变态的地步。

上司给所有人定了很高的 KPI（关键绩效指标），达不成就滚蛋，所以朋友每天都工作的胆战心惊，生怕下一个滚蛋名额降临到自己头上。

与此同时，上司不断地否定与打击，让她对自己的能力产生了严重怀疑。

曾经以文字引以为傲的她，现在却不自信了。她怀疑自己真的像上司说的那样，是个一无是处的废物点心，甚至怀疑自己丢失了最初的灵气。

人一旦对自己的选择产生怀疑，他（她）是不会快乐的。相反，诸多自我否定和焦虑会挤掉他（她）生活中为数不多的快乐。

我劝她辞职，工作也好，生活也罢，自我成就与肯定永远应该排在第一位。一份做起来毫无成就感的工作，会拖垮她，无论精神还是肉体。

但不介意别人的目光，坚定自己选择的道路，用理想的方式过一生，又谈何容易。

她来找我倾诉，是因为我们是同类。

人在同类的面前，可以省掉许多解释，只需要倾诉就好。她来找我，自然会得到她想要的共鸣。

这也是我喜欢逛漫展的原因。

漫展上，有非常多的女装大佬（穿裙子的男生），他们平时是绝对不敢在公开场合这样出行的，否则会被人骂成娘炮或变态。但在漫展上，他们可以自由自在地做自己，穿最漂亮的小裙子，戴及腰的假发，没人会骂他们。他们甚至会收到一波发自内心的赞美。

同样,那些沉迷纸片人的妹子也可以在漫展上自由花痴。在那里她们可以自由地称自己为"许太太",没人会责备她们在游戏里氪金,对虚拟人物投入那么多的真情实感。

在漫展上,我们可以做真实的自己,尽情欢笑、花痴、追星,而不必害怕被人责怪幼稚、无脑、变态。

做久了"套中人"的我们,无时无刻不想从套中挣扎出来。我们想以自己喜欢的方式,度过此生。

5

但我们都知道,理想主义者的道路,总要比现实主义者更加举步维艰。因此,我们才不得不戴上左右逢迎的假面,不得不降低自己的心理预期,不得不装作满不在乎的样子掩饰自己的失望。不得不在眼泪即将掉落的瞬间,挤出一个微笑告诉别人"我没事儿,我很好"。

成年人的世界,从来不容易。

所以,丧文化泛起,"佛系"青年如雨后春笋般一夜占领朋友圈,各种不那么符合主流观念的理论成为许多人新的人生指南,好像这样就能安慰自己平平淡淡才是真了。

罗曼·罗兰说:"只有一种英雄主义,就是看清生活的真相之后依然热爱生活。"

虽然生活中类似"中了五百万彩票大奖"的惊喜可能一辈子都碰不上一回,却从不缺少小而确定的幸福。

"愿望足够强大,足以改变天空的颜色",所以更不能丧,不是吗?

作家缪娟写过,她上学的时候,做梦都想拥有一座带花园的小别墅,她要在院子里种满各种花卉,甚至连别墅用什么颜色的玻璃,涂什么色的屋顶都想好了。

后来她结婚了,跟丈夫第一次去法国,发现家里的房子和她当初的想象几乎没有区别,甚至更好。

也许现在的你看似离理想中的生活还相差甚远,但别放弃想象的空间,你可以尽情去描绘梦想的细节,并朝之努力,也许梦想就在不远处。

我自己也是例子,大三那年,我到深圳旅行,在光秃秃的北方待久了,对这个冬天都花团锦簇的城市一见钟情,那时我就跟我妈妈讲:"要是有机会来这边工作,我做梦都会笑醒。"毕业那年,各种机缘巧合,我真的在深圳得到一份工作。

后来我沉迷于泡图书馆,但离我住的地方搭地铁还要一小时,如果能搬到图书馆附近住,那该有多好啊!半年后,因为工作变动,我就搬到了图书馆旁边。

还有我大四那年,想拥有一本自己的书,没想到发完那条朋友圈的两个月后,我的第一本书就被一家出版社看中并签约出版。

人生处处有惊喜,虽然道路多坎坷,但总有不期而遇的惊喜与阳光相伴。

以自己喜欢的方式度过一生不容易,但不代表没有机会。

振作一点,勇敢一点,坚定一点,独立一点,我们都有机会,以自己喜欢的方式过一生。

⊙ "愿望足够强大，足以改变天空的颜色。"

你想要的远方,永远都在前方

» 陶瓷兔子 / 文

跟一个女孩聊天,她向我诉苦。

她 23 岁,工作还不满一年,在一家互联网公司做策划工作。她跟父母争吵的缘由是为了一次旅行,她有位朋友报了个欧洲一月游的旅行团,天天在朋友圈晒夕阳、晒海岸、晒广场上的白鸽,她被撩拨得心动不已,准备也去潇洒一次,申请停薪留职,但苦于囊中羞涩,不得不开口向父母求助。

没想到刚一开口就吃了闭门羹。爸爸声色俱厉,妈妈苦口婆心,俩人上演了一出男女混合相声:"你才工作多长时间,就要这么任性休长假,不是说公司最近很忙吗,你怎么能在这个时候掉链子?这点苦都吃不了,你以后怎么办?"

她被说得气结,来找我吐槽,说:"我爸妈真是一点也不心疼我,他们根本就不知道我过的这是什么日子,每天的工作都干不完,加班加得要吐血，公司里人际关系的水也深，什么总监的小姨子、董事的妹妹，都只拿工资不干活，只有我们这些没背景、没靠山的素人，被人一天到晚呼来喝去，要多烦有多烦。

"我不就是想出去散散心吗？回来又不是不工作了。再说了，我又不是让他们给钱，我是借啊，等我以后挣了钱就还他们，至于吗？"

我想了想，问她："那你这次出去一趟，回来之后就能不受气、不加班了吗？还是干脆就准备跳槽，找一份更轻松的工作？"

她秒答："哪儿想那么多了呀，先出去再说嘛，回来要是还这样……那，就再找机会出去玩儿呗。"

是啊，回来了可以再走，走了可以再回来。

可然后呢？

生活才不会因为你侥幸逃开了一次，就心慈手软放过你，它有时会变本加厉。等到比你晚入职的年轻女孩成了你的主管，等到自己年岁不小却无一技之长，陷入想留留不下想走走不了的窘境，你曾苦苦逃开的那些在你身后会滚成一个雪球，越来越快，越来越大，到了那个时候，你又能往哪儿逃呢？

人人渴望自由，想住五星级酒店，想被专卖店里戴着白手套的服务生当上帝一样恭维，想得到关注和尊重。

而现实生活太难了啊，早高峰，末班车，直到放冷都没时间打开的外卖，老板的咆哮和前辈的指责，酸痛的颈椎和干涩的眼，都让人有种被束缚的渺小感。好像只有用一场说走就走的旅行，把自己丢进茫茫天地中方能解脱。

所以我们才会以那样渴望的语气谈论远方：远方有诗，远方有自由，远方有梦。而眼下的生活除了苟且，好像什么都没有。

我的第一份工作，是给一位美国老板做口译，有次跟他一起去深圳出差，晚上一起吃自助餐，32层高楼，脚下车水马龙，远处是海，望不见尽头的湛蓝映着一轮残阳，美得让人窒息。我脱口就是一句："我这辈子最大的梦想，就是可以说走就走，享受这样的美景。"

他耸耸肩："真心话？"

比真金还真，我狂点头。

那时真的是太累了，我本来就经验不足，他要求又极其严苛，每次会议之前的PPT至少要对过三遍，背景资料里的一些数据也必须背过，甚至连Excel函数的嵌套计算公式，都要求我能一步一步精准地翻译出来。

我几乎天天加班到半夜才能勉强应付，一大早又得陪他去开会，自己虽然清楚是因为能力不够，才不得不靠努力来凑，但还是抵不过那个魅惑的声音，在无数个筋疲力尽的时刻，在耳边细语：逃，逃，逃。

时至今日，我已经换过两份工作，干得越来越轻松，越来越得心应手，以至于我几乎想不起自己当年有多么渴望一场逃离，可我记得他跟我说的那句话：

⊙ 我准备了很多年,现在终于可以朝前走一步了。

Alice, It's not a dream. A dream shouldn't be such a cheap thing.（那不是梦想，梦想不该是那么廉价的东西）。

我并不懂他这句话的意思，后来我终于明白了。当我说着不喜欢眼下，不喜欢工作的时候，我所痛恨的，真的是生活本身吗？并不是，让我急于逃离的，一直都是那个笨拙的、青涩的、能力欠奉的自己。

也想活得从容精致，风光优雅。但我幼稚地认为，只有逃进远方时，我才能变成那样的人，只有说走就走才叫自由，只有当服务生双手捧上一只包装袋的时候，才能感受到被尊重。

我们向往的，真的是远方吗？不仅仅是这样的。

当我们说远方的时候，我们说的是自己理想的生活：信心满满的，游刃有余的，被称赞的，被重视的……

我们期待的尊重，并不是一个礼貌的鞠躬，而是自己的意见足够专业，有资格被认真倾听，反复衡量。我们渴望的自由，并不是每天游手好闲无所事事，而是可以选择，可以有说"不"的资格。

但无论哪一样，都要用很多的辛苦才能换得到，而这个过程，就必然伴随着加班与挨骂、枯燥和单调。

逃跑给不了你的，坚持能给你。

认识一个朋友，苦出身，刚上完高一就辍了学，因为当时家里实在没有钱给他交下一年的学费。

他早早就进城打工，后来在商业街附近摆了个早餐点，人勤快，又会来事，每天早上 4 点就开始准备，来买早点的若是常客，找零时就顺手给塞一个茶叶蛋，全靠起早贪黑，也攒下了不少钱。

有一次，大家约好登山，集合的地方正好是一所著名大学的校门口，时间已经不多了，但他执意要进去看看，就是最普通的阶梯教室，食堂宿舍学生活动中心，他都像小孩子进了游乐场一样啧啧感叹，几个学生抱着一摞书匆匆前往图书馆，他羡慕地盯了许久，说，这些孩子啊，一看都是读过书的样子，气质真好。

真正让我们惊掉下巴的，是他忽然有天发了一条微信，说自己申请到了加拿大一所大学的 offer，决定去上学了，希望走之前跟大家再聚聚。我们这时才知道，他早已靠自学考了雅思和 SAT，分数都挺高。

他说："我准备了很多年，现在终于可以朝前走一步了。"

我这才后知后觉地想起，他在那所知名学府中流连忘返的样子。他才不是只为那些建筑所倾倒，他在其中看到的，是自己未来的人生。

那才是"远方"真正的意义。你想得到的东西，你想遇到的人，你想住的地方，归根到底，都是你想要成为的自己。

那不仅仅在远处，也在前方，在你深夜绞尽脑汁修改 PPT 时，在你挨完骂擦干眼泪继续跟客户开会时。在你咬着牙，扛过辛苦、委屈、枯燥，走完很长一段路之后，你终将能看见光。

正如陶杰在《杀鹌鹑的少女》中写的那段话：

> 当你老了，回顾一生，就会发觉：什么时候出国读书、什么

时候决定做第一份职业、何时选定了对象而恋爱、什么时候结婚,其实都是命运的巨变。只是当时站在三岔路口,眼见风云千樯,你做出抉择的那一日,在日记上,相当地沉闷和平凡,当时还以为是生命中普通的一天。

Chapter3

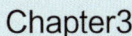

成年人的生活，没有容易二字

成年人的世界众生皆苦。即便如此，人到中年，不会轻易在别人面前叫苦，因为心里知道，这世上没有感同身受这种事。谁不是在一边波澜不惊，白天照常嬉笑怒骂，一边咬牙坚持，多少次深夜里泣不成声？

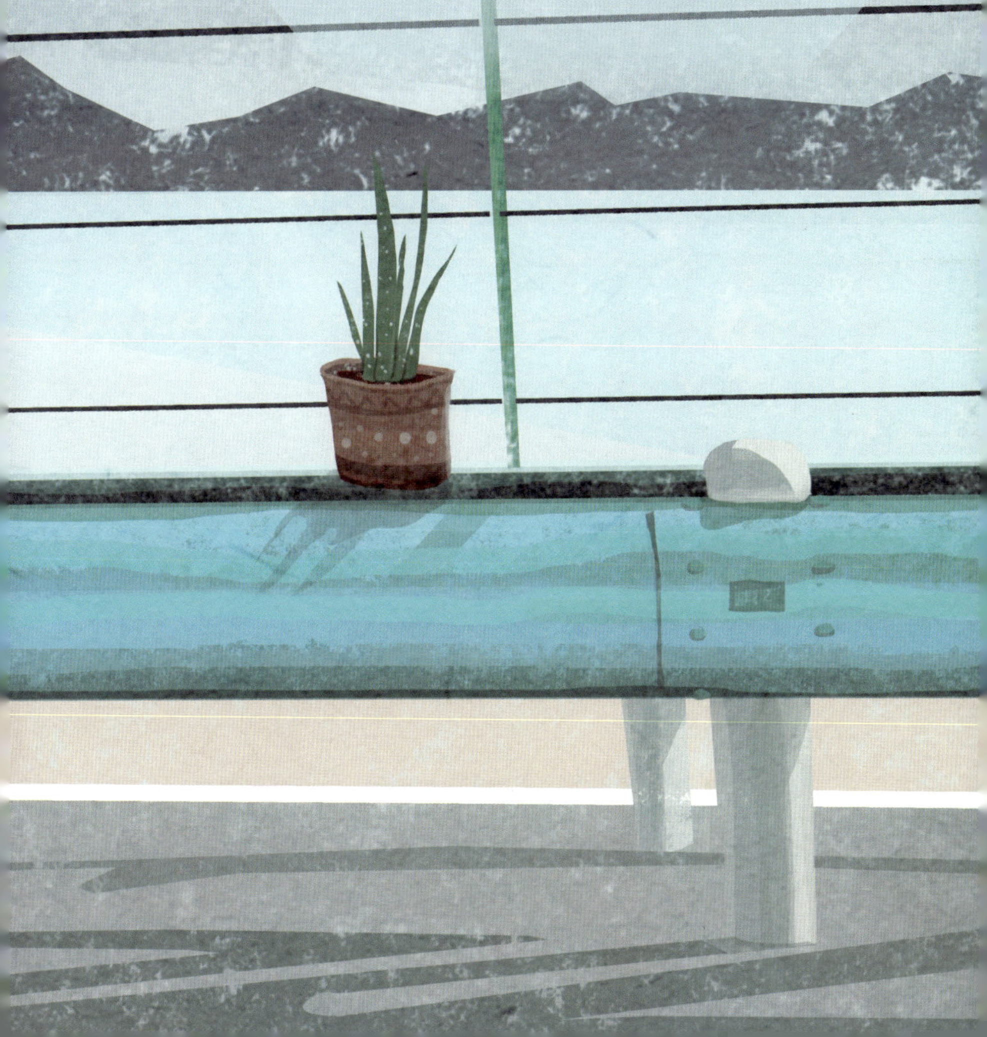

人到中年，你认尿了吗？

» 简爱/文

女儿上初一，原本学习还可以，却因迷上手机游戏，成绩一落千丈。为这事，我和她爸焦急万分。

成年人一旦迷恋上这玩意，也难以戒掉，更何况一个孩子？个人的意志力还不足以抵御游戏的诱惑。

于是，昨天她爸提出取消她的手机号码，同时没收手机的方案，并强制执行。

下午，我送孩子去学校的路上，她双眼通红，抱头痛哭。这情形像极了被抢走糖果的小孩，满腔愤怒却又无可奈何。

彼时的她，内心戏一定是这样的：我要快快长大，便再也不用受你们的管制。

这样的场景，我相信每个人都应该很熟悉，也都曾经历过。

小时候，我们都想拼命长大，觉得长大了，便能拥有无限的自由。

⊙ 那些看似自由的，没有一样不是束缚。

后来，我们长大了，却发现，那些看似自由的，没有一样不是束缚。那些所谓的随心所欲，也不过是苦中作乐，给自己的一点麻醉。

1

人到中年，事业是个坎儿。

久不联系的朋友 B，前几天给我发来一条问候短信。然后，我们闲聊了一会儿。其间，无意识点开他的朋友圈。

5 月 25 号，原来，我得焦虑症了。
6 月 2 号，如何才能消除焦虑症？

B 一直是个生龙活虎的人，开朗，阳光，健谈，意气风发。
以下是我们的对话：

"中国人都焦虑，这不是病，是通病。"
"我，病得不轻，死都不怕了。"
"发生了事？"
"入错行了。"
"换道呀，难不成一条好汉走到黑？"
"40 岁的老男孩，还能干啥。"

人生永远没有太晚的开始，怕只怕自己向生活低头、妥协、投降。

同样作为一个中年人，我能理解他的焦虑。曾几何时，也是父母掌心里的宝，一不留神就成了家里的顶梁柱；始终认为自己是长不大的孩子，一不小心成了别人口中的大人；一直认为自己还是充满活力与雄心的年轻人，而年轻人却不再亲近自己。外表是成人，内心还是孩子，无论如何，我们都不敢将这两者统一起来，因为一说自己还像个孩子便会遭到耻笑。

人前风光无限，人后压力山大。

中年人的生活，其实是你想象不到的孤独。

一个微信好友曾跟我抱怨："常坐公交车上下班，发现公交车上女人最多，都是苦大仇深的样子。有一次，前前后后坐的都是中老年妇女，那个沧桑感啊！我没到终点，下车就跑了。"

中年女人累，很多人活着活着就成了怨妇，久而久之，怨气怒气都在脸上生根发芽，让人避之不及。

而中年男人，男人的那点自尊心、面子使得他们有苦不能言，太过压抑，就容易转化成焦虑，甚至抑郁，产生幻灭感。

人到中年，你认怂了吗？

不得不说，人是活在习惯中的生物，到了一定年龄就会随波逐流，不愿意改变，按照当前的习惯走下去。而一旦改变，那些未知会让我们心生恐惧。

一份工作，只要饿不死，就凑合着做吧。一个事业，已经半死不活，也由它去吧。这成了我们认为的最保险的状态。

人到中年，有了岁月的积累，视野开阔，不需要那般硬扛，只需调整好心态。从某种意义上说，生活本身就意味着压力和紧张。遇到困难不逃避，直面它们，总有解决问题的办法，只要自己不着急。

没了年轻人的体力，却多了沧桑后的沉淀。很多事情，静下心慢慢来，依然能获得不一样的收获。人到中年，谁不是一边认怂，一边奋进。阳光灿烂勇往直前是美，内敛安详从容平静也是美。

2

人到中年，婚姻是个坎儿。

表妹最近退婚了。

这在我们老家，必定会引起"轩然大波"。

表妹和男友男才女貌，很是般配。双方的父母，又非常投缘。眼见着年底就要举办婚礼，这个节骨眼上表妹却提出退婚。

一件事情发生，看似偶然，实则都是必然的结果。

性格不合，三观不同。这样的两个人，倘若走进婚姻，还不得以悲剧收场？在这件事情上，其他人颇为不解，我举双手支持表妹。

然而，生活中有多少人明知道是错的，偏要不撞南墙不回头。

岁月如流，一晃人就到了中年，再做困兽之斗，不免有点晚了。

无疑表妹是理智的。

在当今，形式婚姻多不胜数，所谓的"形婚"，就是婚姻只有形式，无实质内容。

我周围就有很多这样的夫妻。同一个商业圈里的，左邻右舍，还有不少同学朋友。人前秀一下恩爱，人后各玩各的。这都是草率对待婚姻导致的结果，不是吗？

人到中年，敢爱敢恨的日子一去不返，甚至回忆起那些轻狂的日子会自责后悔。一步步，不知道为什么血性再也寻不见，也没有什么能让内心再次激动。

死守无爱的婚姻，我无法判断对错，也许里面包含了对子女、对家庭的责任，也许有对世俗眼光低头的无奈。但至少可以肯定的是，在这里面，我们没有了勇气，我们接受了这个结果，我们没了热血，我们把鸡贼当成了聪明、能耐。

对感情的认怂，是寒冬腊月喝了一口凉水还要说冰爽可口。中年人的世界观里，好似没了将来，只认为当下是最好的。

前些日子，我在会所洗手间的门上，看到很多手写的文字：

"真想拥有自己的天空。"

"我们的约定，我爱你。"

中年，习惯戴上面具做人，只有在无人的洗手间，公众号后台的树洞，把平时不敢说的，心底最原始、最真实的渴望，寄托在文字里，落在不相干的人的眼里。

☉ 阳光灿烂勇往直前是美,内敛安详从容平静也是美。

3

人到中年,健康是个坎儿。

最近,李连杰去西藏参加活动的一张照片在网上疯传。

这位曾经风流倜傥、玉树临风的"功夫皇帝",而今憔悴不堪,垂垂老矣。

年轻时"拼命三郎",用力过猛,让李连杰脊椎严重受损,还领过"国家三级残疾证"。如今走到人生下半场,因为病痛,不得不"隐退"。

人生到下半场,拼的不是功名富贵,而是健康快乐。

人的身体,就像一部机器,随着时间推移,部件会生锈,会磨损。如果不注意保养,一切归零。

我的几个好朋友,近年来健康陆续开始出现问题。

闺蜜 S 接连做了两个手术,生死一线间。

好友 Q 得了肿瘤,幸而不是晚期,化疗捡回来一条命。

这两年我自己的身体也出了些毛病,写作落下的颈椎问题时刻困扰着我。抵抗力也远不如从前,皮肤动辄过敏。每年做全身检查,都是提着心、吊着胆。

人到中年,不敢病,不敢死。中年人肩上扛的是责任。一个人倒了,整座大厦即刻倾覆。

从前,看到广场上大妈们跳舞,成群结队的饭后散步者,我是不屑一顾的:"那都是中老年人才干的事儿。"如今,我也悄悄地加入了他们的大部队,每天至少微信运动一万步。

人到中年,在健康面前,我选择了认怂。

失去了健康,不仅自己要承受病痛的折磨,还会给家庭带来巨大的负担。

王小波在《黄金时代》中写道:

> 那一天我21岁,在我一生的黄金时代,我有好多奢望。我想爱,想吃,还想在一瞬间变成天上半明半暗的云。后来我才知道,生活就是个缓慢受锤的过程,人一天天老下去,奢望也一天天消失。

的确,人生就是一个缓慢受锤的过程。

中年人的认怂,并不可耻。它是权衡利弊之后的选择,是一种成熟的标志;是接受现实,不再对抗;是在现实的基础上,做力所能及的改变。热血也许从未消退,只是换了一种和缓的方式呈现。

就像对待健康,我们不可能像年轻人那样即使受伤也会迅速恢复,但我们可以以适当运动抵挡衰老的迅速来临。就像面对内心的创伤,大悲大喜早已随风消逝,学会了在不动声色中慢慢消化。

最后,分享一段话给所有人:

> 做好物质储备和精神建设,没有冲刺的能力不算什么,我们还有时间、经验、头脑,与这个世界周旋到底。

你要真正找到那个彼此相爱，三观一致，兴趣相投的人组建家庭，这是幸福婚姻的核心。

理解和接纳人生的无常，少一点儿控制欲，多一点儿随机应变、随遇而安的能力。

自律,是一场自己与自己的博弈

» 卡西/文

1

一个月里有大半时间在出差,加上牙疼头疼同时造访,我时常从噩梦中惊醒,几乎是痛不欲生。

但饶是受制于辛劳疲态,我仍依按照在家时的模样,睡前读半小时的书,并一一列出第二日的必要工作和消遣休闲;清晨,在鸟鸣声中敲出一两千字,然后做十几分钟的瑜伽;每日饭局,做到不贪杯不暴食。

同事问我,既然是出差,不需要朝九晚五打卡,可以自由安排时间,为什么不放松一下,非要坚持每天按时按点早起的清苦生活?偶尔懈

⊙ 真正对自己有要求的人，都是高度自律的人。

怠一次，没什么的。

不，对我来说，心弦紧绷，充分利用每一分时间并不清苦，因为规律的作息时间和日常安排，能让我避免不必要的情绪消耗。

人是有惰性的。一旦某个环节松弛下来，很容易就会被诱惑侵蚀；今日不想读书，明天也能找到另外的理由偷懒；此刻不坚持，下次、下下次的逃避很快会变成自然而然的事。

在这个人人自危的焦虑时代，我们已经不屑于对着书本一个一个背单词；我们只关心房价升跌，只关心薪水待遇，而不关心生命的本真；我们习惯了黑夜里一遍遍地刷着手机，从未想过早起闻花香鸟语……

生活是在哪一刻失去平衡的？是在你对时间失去控制权的时候。

你无法在规定时间内有效完成工作，就会焦躁不安；你不能达成自己的某些愿望，就会悲观失望；生活节奏失去控制的时候，就会抓狂……长此以往，负能量如期而至也就不奇怪了。

我并非没经历过昼夜颠倒的日子，也曾体验过混乱如麻的状态。事实上，那种睡眠缺失、精神疲乏、反应迟钝、毫无冲劲儿的样子，更让人痛苦不堪。

正是有了对比，才知道自律所带来的成就多么有意义！即使不能说可以将一切都攥在手中，但有了强大的意志力做依托，人生也确确实实少走了很多弯路。

2

我有个摄影师朋友,与他会面,是需要预约的。

任何临时起意的聚会和饭局他都不会参加。他说,提前约定是对朋友最起码的尊重,因为你不知道对方是否安排了别的事情。

他年轻时夜夜笙歌,每每酩酊大醉。忽然有一日,他厌倦了,于是戒酒,至今滴酒不沾,席间只喝可乐,谁劝都不更改。

他曾在暗房洗完照片后一根接一根抽烟,思索着如何拍更具创意。但有一次,他意识到熬夜抽烟会加速身体衰弱,于是戒烟,至今一根不抽。

他坚持将摄影融入生活,对走哪儿拍哪儿的职业病洋洋自得。也因此,他的摄影技巧不断提升,越来越受到客户青睐。他的工作室一再招人,每年会去很多国家拍摄。

他看似随和,但做人非常自律,做事非常有原则。这样的他,获得的是更多的认可和尊重。

真正对自己有要求的人,都是高度自律的人。他们把自己应做的每一件事,无论是简单还是困难,都变成为生活的常态,形成了日常的惯例。

我另一个女友,堪称自律达人。

她从小热爱高尔夫,几经辗转进入高尔夫球场工作,不忙的时间

⊙ 自律，归根结底，是一场自己与自己的博弈。

都用来练习挥杆，不出几年，球技娴熟，即便与职业球手同场竞技，也毫不逊色。在此期间，她考取了国家级裁判资格，如今常常飞往各地参与高尔夫赛事。

她自学了日语，拿到日语专业的本科文凭，目前在冲刺硕士；又曾为学到纯正的英文，辞掉公司高管职务去北美游学半年。由此，她结识了更多国内外高球运动爱好者，更多行业内的佼佼者，为自己拓展了更为广阔的人脉关系。

不仅如此，她在24岁那年，开始学钢琴，并一举考下6级证书。其实从专业角度来说，这个年龄学钢琴已算晚了，因为手已定型，手指灵活度相对困难，但她以努力证明了"种一棵树最好的时间是十年前，其次是现在"这句经典之语。

为了练习高尔夫，不论酷暑炎炎还是冬风凛冽，她都在高球场挥杆训练；为了考取裁判资格，她日日对着书本啃理论知识；为了学钢琴，她每天加班到七八点，回家还要练琴两个小时。

我最佩服的，就是她身上强大的自律精神：喜欢什么，想做什么，都会立刻去做，绝不拖延，并能一直坚持下去，直到实现既定目标。

追求自己想要的生活，任何时候开始都不算晚，关键在于你能否坚持，以高度自律的精神，日复一日、年复一年地坚持下去。

3

自律,归根结底,是一场自己与自己的博弈。

自律,之所以很难,是因为懒惰的诱惑力实在太大:躺在沙发上看剧很舒服,抱着手机刷微博也很惬意……这种短暂的欢愉其实是一种变相的沉沦,带来的只会是思维的迟钝、身体的病痛和心灵的荒芜。

懒惰的人,在长期的安逸里会愈加得过且过;拖延的人,习惯找各种借口来安慰自己的无能;饮食不规律、作息不定时、人生无规划的人,会在工作上频频出错,在生活里燥郁不堪。

萧伯纳说"自我控制是最强者的本能"。那么它的反面,不能自我控制的人,最终必将失去这个世界。

每个人的一生,大抵都会追求一些美好的词语,比如成名、成功、得偿所愿,比如心安理得、平安和顺、爱情圆满、财务自由。而这一切,必须以拒绝放纵的诱惑为前提,建立良好的日常行为习惯,真正做到自律自省才能获得。

人人都想要自由,但自由并不总是一件好事,尤其是当我们并非真正理解自由的确切定义时。在对自由的理解上,康德的认识是非常值得借鉴的。他说:"自由,不是随心所欲,而是自我主宰。"

自律的意义,正是促使你约束自己,收敛和更改毫无节制的放纵,凭借强大的意志力与坚持,制定一套属于自己的做事原则,建立起稳定规律的节奏和秩序。只有这样,一个人才能获得真正的自由,这种自由，不仅包括财务自由、事业自由、精神自由、生活自由，甚至包括你的爱情和婚姻自由。

拥有了这些自由，当你面对挫折、艰难、失望甚至绝望时，才能够有所依恃，支撑你正面思考和解决问题，获得人生更多的主动权。

杀不死你的会让你更强大

» 牛皮明明 / 文

1

最近老有人问我:"明明,你有没有自认为比较丢人的事?"

坦白说:"有的,我没读过《红楼梦》。"

一个天天在网上自命不凡写文章的人,没有读过《红楼梦》,是无论如何也说不过去的。就像说六小龄童没读过《西游记》,任谁都不会相信一样。

你还别不相信。

我10岁时,我妈在小学当老师。从学校带了一本《红楼梦》扔给我。我当时正在读小仲马《茶花女》,回头一看《红楼梦》的厚度,比我肚皮都厚,然后我就惧怕了,没敢读。

后来读高中，再读大学中文系，再到参加工作后的10年。我和《红楼梦》擦肩而过至少100次，每一次，我都在人群里多看了她一眼。每一次，我都是犹豫半天，然后偷偷带走了她身旁的姐妹。

读大学时，我的那些看上去兢兢业业的老师，他们习惯用和打印机出纸口一样规格的嘴，说同样的话："《红楼梦》是四大名著之首，你们一定要读。"

这句话对我没意义，就像昨天一个00后女孩告诉我"TFBOYS是中国乐团之首"一样对我没意义。

直到今日，我的肚子比《红楼梦》厚了两层，但依旧没能逃离对《红楼梦》的恐惧。

惧怕这种事，一般都有相似的结尾：本来可以读的书没有读；本来可以追的女孩，到现在还没嫁人；本来可以自己造的芯片，你却偏要买。

你说尴尬不尴尬！

2

还有更尴尬的，人类在这个星球上几万年了。其实变化并不大，从过去的茹毛饮血到现在衣着光鲜，身上的携带品无非多了一部手机。人类永远没有克服掉的那个词，叫恐惧。

上班时，惧怕失业。

⊙ 只要你明天不死,你还惧怕什么?

常听人说的一句话是:"好害怕失业啊,我的全部青春呀。"

可这个世界从来不缺变化,任何头发丝大的风吹草动,都有可能让你失业。今天富甲一方的大佬,明日也有可能一贫如洗,负债累累。风吹日晒的外卖小哥,也会因为一辆电动车的丢失,送饭而吃不上饭。

相信我,你要真是失业了,你就知道该干啥了。

读书时,惧怕读看不懂的书。

我身边不少这样的朋友,高中时读郭敬明,大学时读大冰,毕业后读张嘉佳,再过几年读余秋雨,看上去不错啊,一直在进步。可仔细一琢磨,就不对了,这类书本质上没有变化嘛,都能读懂。唯一变化就是年龄变了,40岁读郭敬明幼稚,40岁读余秋雨难道就不幼稚?

答案是一样幼稚。

不难预测,未来还会读《曾国藩修身十二法》《王阳明最神奇的心学》,再过些年,就是《谈养生》《谈境界》《100个方法让你活到99》。

为什么就不能打开自己,逃离自己读书的舒适区,读一些读不懂的书呢?再不济,你也要读读原著吧。

读书从来不是修行,读书就是读书。读书未必能改变你的人生,也未必能给你带来财富。大多数时候,书教会你的就是一种思考方式、一种谈吐,不会让你口中随意蹦出很LOW的见解,说出很蠢的话。

简单地说，读书和打麻将其实是一个道理：多摸（多读经典）、拼命碰（经济学、哲学、人类学都读）、坚决不放炮（保持谦卑）。

只看自己能看懂的书，就好比永远在小县城开车，换一条路，换一座大一点的城市，你可能连方向盘都抓不稳。

18岁，和别人高谈阔论，最近在读什么书？答：郭敬明。

30岁，和别人举杯相拥，最近在读什么书？答：大冰。

60岁，和别人跳广场舞，最近在读什么书？答：《100个方法让你活到99》。

你说尴尬不尴尬。

3

我也觉得挺尴尬的，尴尬的还有我的朋友们。

上周毕业10年聚会，几杯酒下肚诉说衷肠。我看着他们的嘴型，突然发现，他们诉说时的样子高度相似，简直是同一个妈妈生的。

他们的长相随和：坐下来看不见凳子，站起来看不见鞋。

他们说话真诚：工作没意思，生活没意思，人生特没劲。

那天，最让我心疼的一句话：10年前，老子在看一张报表，10年后，老子看的还是这张报表，唯一的变化是领导的名字不停在换。

吃完饭，我们嘴上说着散了、散了，可人生又能散到哪里去？每个人无非都是吞下一颗生活的子弹,然后继续迎风前行。

那天,说实话我觉得特别心酸。不说知交半零落吧,至少多年的朋友,都在生活里毫无例外地受委屈了。

刚参加工作时,我们常打电话:"工作不错,清闲。"

可当不小心说出清闲这两个字,大家便会对生活丧失了警惕心,然后无可救药地向舒适区滑落。这个过程就像坐在沙发里,当你端坐,10分钟后,你会躺下,直到软软的沙发紧紧拥抱你。

人性远比我们想象的要可怕,它趋于懒惰的舒适、堕落的自由。可生活又曾放过谁呢?它像时间一样残酷,吃了人,连骨头都不吐。

4

我常惊叹于身边的人,日复一日地抱怨庸碌的日常,却不敢振翅高飞。我惊叹于身边的朋友抱怨时运不济,却从不做出任何改变。我甚至惊叹于愤怒的网友,把自己人生的不如意,归咎于时代的冷漠。

仔细想想,他们为什么会这样?无非是都活在自己的舒适区。庸碌的日常远比重新出发更容易,抱怨也远比改变自己更顺手。

我无心指责别人的生活,只想通过自己身边的故事道出生活的本质。

⊙ 杀不死你的会让你更强大!

说到底，人生又何尝不是一场无休无止的折腾？只要努力，就能将自己的人生熬成一碗理想的靓汤。

我听过的最好的故事，也一定是你听过的最好的故事。

褚时健的人生大起大落，一度是最牛的中国企业家，可是一夜之间倒下去了。从监狱里出来时，他已经70多岁了，心爱的女儿褚映群也自杀了。如果换作一般人，这一生估计完了。

可75岁时，他继续出发。橙子树挂果要6年，直到81岁褚时健才能成功。一般人肯定会说，这老头还真以为自己能够长命百岁，而今年褚时健整整90岁，他已经成功了9年。

老是什么呢？我觉得老其实就是惧怕。你在惧怕的同时，其实你就在变老。

我在西藏见过很多60岁以上的人，他们依然在攀登珠峰，每次我都会被他们朝气蓬勃的脸所感动。

我感动于他们逃离舒适区的勇气，感动于他们折腾自己的气魄。只要你明天不死，你还惧怕什么呢？

杀不死你的会让你更强大，KO不了你的，会让你更OK！

最高级的愉悦，是取悦自己

》 海欧 / 文

1

前两天收到一条消息：海欧，作为作者，你写作的时候有没有什么小癖好啊？

我认真想了想，然后看了眼我的电脑桌面，顿时有了答案。我回答：当然有，我会在电脑旁堆满零食和甜食，以及一杯温开水。

可不是，在电脑开机的那几十秒，我会逐一拆开一包包的零食，在电脑黑屏前吃完，然后喝一大口温水。舌尖盛开的味蕾协同胃的饱足感一齐上升至大脑皮层，脑神经接收到刺激，产生一种愉悦的快感。这种快感促使我，无论写得多么烧脑多么辛苦，都不会太难受。

此外，写完之后我通常会高歌一番，以补偿之前写作时独处的静默。飙高音，飙粤语，飙各种奇奇怪怪的歌，总之，我开心就好。唱完歌如果时间不晚，我还要出去觅食一番，来顿美食犒劳自己。

总结起来就是，在用文字劳役自己的前一秒，用零食取悦自己。大功告成之后，用释放声线的方式将长久淤积的压力释放出来。

如果说写出来的文字是供读者阅读和共鸣的，那么，动笔之前的提神以及写完之后的释放则完全是取悦自己。

而最高级的愉悦，正是取悦自己。

2

闺蜜雯雯最近失恋，男友大东提出的分手，大体原因是厌倦了、不爱了这种敷衍的借口。我却觉得，是他们的相处模式不对。

一开始就不对。

两人是在一个兴趣讨论小组里认识的，大东涉猎广泛的谈吐令雯雯大为欣赏，在一次小组聚会后，雯雯欣然向大东表示了好感。

大东起初婉拒了，说雯雯不是他喜欢的类型。可这姑娘死心眼，坚信自己可以打动喜欢的男生。于是，我们看到了一系列的"女追男隔层纱"的大胆举动。

大概是雯雯的爱太热烈，太真挚，感动了大东。雯雯终于成了大

⊙ 取悦别人，只能让自己失去自我，别人永远都难以取悦，永远都无法琢磨透。

东的女朋友。

可她没有意识到,爱就是爱,与感动无关。

好不容易织好了一条围巾,却因为一句"对不起,我不喜欢白色"而被退回。煲好汤打车赶去,趁着汤还是热乎乎的时候送到对方面前,却因为"不好意思,我刚喝完砂锅粥,吃不下了"被放进冰箱。

除去织围巾煲鸡汤这些"身外事",雯雯连他的内在也不肯放过,她想走进他的内心。

大东是个古典哲学迷,于是,雯雯买了一堆古典哲学的书籍,费劲地啃着那晦涩的内容,却因为一次答不出"德国古典文学的代表人物是康德还是黑格尔"而遭到大东鄙视。

雯雯想把每一件事做好,但好像每一件都做不好。大东似乎永远都难以取悦,永远都无法琢磨透。

最终两人还是分手了。雯雯告诉我,大东说她活得太没有自我,一天24小时都围着他转。

我说,男人都是放养动物,经不得圈养。有时候你以为你是把所有的关心都给了他,把他放在第一位,但其实他是会感到恐慌的。他会觉得被束缚,想要摆脱和逃脱。

最过分的是,两人连啪啪啪这件事,都极度畸形。

做大东女朋友的这几月,雯雯能有的快感屈指可数。每次她都是尽力配合,佯装性福,以此来取悦男朋友。

我说,幸亏你们分手了,不然他就是你的灾难。倘若你这一辈子都跟了他,那岂不是一辈子都无法获得高潮?

3

另一位朋友小婧,她的男友则是圈里有名的"晒女友狂魔"。点开他的朋友圈,全是小婧。

一会儿晒小婧滑冰滑得好,自己接连摔跤;一会儿赞小婧钢琴弹得棒,自己听得都陶醉了;一会儿秀小婧的厨艺,做的甜点比蛋糕店的还美味。配图是标准的九宫格,九张照片,都是小婧的倩影。

作为和她共事了两年的同事,只有我才知道她有多刻苦。

当初觉得滑冰既酷又姿势优美,为了学滑冰,她摔得鼻青脸肿,咬牙坚持了一个月才学会。

钢琴是从小就开始学习的,并不是父母逼迫,而是觉得钢琴弹奏出来的声音好听,自己主动要学的。

至于厨艺,用小婧自己的话说就是:身为一个吃货,我必须要具备足够的绝活,才能让我的胃满意。

其实所有的所有,都是因为自己喜欢,自己热衷。做的时候也是乐在其中,颇为享受。而男友对她的欣赏,也是因为她的独立和广泛的兴趣爱好。

他欣赏她,源于她自身闪耀的光芒,而非她对他不计一切的好。

☉ 爱自己,懂得如何取悦自己,才使得他珍爱她。

相反，正是因为她如此爱自己，懂得如何取悦自己，才使得他珍爱她。

小婧和雯雯最大的不同，并不是因为爱的对象不同，而是爱自己的方式和程度不同。雯雯爱男友，则无限度地想方设法取悦他，以得到他的欢心和喜爱。小婧则是爱自己，将自己变得更美好，从而收获男友发自内心的欣赏和爱。

尽管喜欢和欣赏，原本就是两码事，如果这两码事组合在一起，则效果惊人。它会产生一种名为"爱"的化学反应，绵长且持久。

4

因为工作的缘故，我参与过一场记忆犹新的评标。说是评标，其实也没那么严格，通俗地讲就是，挑选一个合适的合作方，一起完成某一项目。

那三天的时间，我们项目组接待了六家公司团队。这些团队各有出彩之处，有的早已名声赫赫，用不着他们多费口舌；有的做过大项目，经典案例在手；还有的资质久远，经验丰富。

各有优势，不好作选。这时，我们的项目领导组织这六家公司一起会面。我们心里都有数，这是要最终拍板了。

看得出，这些公司也都很重视，都带来了详细的解说课件，由我拷贝在会议室的电脑里。我拷了足足10分钟才全部拷完。

听罢六方的解说后，领导问了一个问题：你们因为什么，想要进行这个项目？

大家沉思片刻，依次作答。

答案几乎都是讲这个项目的优势以及对我们公司的仰慕。其中不乏将项目优势讲解得十分到位的陈词。

唯独有一家公司，他们给出的理由是：因为我们对这个项目感兴趣，我们可以从不同的维度展示我们的才华和优势。此外，项目做成之后，将是我们公司的经典篇章。

这是一家资历尚浅的公司，因此是老板亲自过来的。这位老板三十岁出头，十分意气风发，陈词之间偶有狂傲。

最后，领导选了这家公司。他认为，其余的五家公司都是在取悦作为甲方的我们，而只有这家公司，从始至终只想取悦自己。换句话说，他们是最"自私"的乙方，但也只有最自私的乙方，才能将项目视为己出，因为他们会认为这个项目不是甲方的，而是他们自己的，从而全身心地投入进去。

原来在工作上，一味地迎合并不是长远之计。"自私"并不是坏事，它会发动你的每一个细胞，全身沸腾地去做一件事情，前提是你对此事饶有兴趣，渴望从中获得巨大的愉悦。

始终不过那句话：最高级的愉悦，是取悦自己。

爱情如此，工作如此，这一生都如此。

⊙ 你享受的最高级的愉悦,
将是自己亲手带给自己的。

我们终究是为自己而活的，自己才是自己最长久的陪伴。取悦他人往往适得其反，弄得不好丧失了自我，竹篮打水一场空，什么也得不到。

况且，没有人是靠取悦就能真正"收买"的，人们更愿意发自内心的崇拜，而非外在的夸赞。一味地取悦也会成为一种累赘，令他人避之不及。

我们终其一生，让自己真正开心和愉悦的事情会有多少，取决于你是取悦了别人，还是取悦了自己。

人生最高级的愉悦是我若安好，世界便是晴天。

靠取悦别人而获得的开心，就好比用春药换来的快感，其感受终究不是通过自身产生的，最关键的是，容易早泄，不持久。

而你享受的最高级的愉悦，将是自己亲手带给自己的。

就这样，过一生。

答应我，别嫁给那个消耗你的人

》 正经婶儿 / 文

1

周末和两个朋友吃饭，一个离婚五年了，一个正在打离婚官司。他们都是很坦诚的人，我们之间什么都可以聊，什么都可以问。

我问 A："你决定离婚的原因是什么？"——

她说："我老公没出轨，没外遇，而且现在处于事业上升期，所有人都觉得我闹离婚是脑子坏掉了。"

但是我不想跟他耗着了。对于跟他好好过下去这件事情，我没有信心。

我问 B："你之前决定离婚的原因是什么？"

他说："因为我发现跟她在一起，我变得暴躁又易怒，一点小事，我能把家里的电视机搬起来砸了。我还能够在家门口跟朋友吃一夜的烧烤、喝一晚上的酒,就是不愿意回家。"

"对对对,"A小姐和B先生指着对方说,"就是这种感觉,这种激发出自己最坏一面的感觉。"

就是明明是有耐心又好脾气的人,偏偏在一段感情中被逼成了怨妇和泼妇。明明是善良正直的人,偏偏在一段婚姻中被驯化成了暴君和魔鬼。

两个人都不喜欢自己那种状态,所以果断逃跑了。

2

可能80%的人都有逃跑的自觉,但是只有20%的人,拥有逃跑的勇气。

这个勇气来自于你的精神独立和一技之长,来自于你即便是净身出户也养得起自己的能力。

可能因为年纪的关系,我越来越觉得女性在一段关系当中,要保持清醒的头脑,甚至要比男人更清醒才对。

不要觉得找到一个理想男友或者老公,就应该在这段关系中理所当然被宠爱、被照顾,像一个小孩子那样生活。实际上,这种关系是最危险的。

前段时间,媒体爆出吴千语和林峰分手。吴千语是香港蛮好看的

☉ 每个人心中都有两面,每个人都可以是天使或者魔鬼。

模特和演员，林峰也是香港有名的演员和富二代。谈恋爱期间，吴千语就对工作和事业不上心，买包、买鞋、约会，把自己打扮得美美的、香香的，觉得这就是人生的全部了。

最近两个人分手。林峰还是那个演戏不太红的富二代，吴千语搬出了林峰的千万豪宅，带着林峰给她买的一柜子名牌包，租房子住去了。

吴千语在这段关系当中，就是被消耗的那个。她明明条件不错，本可以有一段更好的人生。但是她就是过于依附了，最后在一段关系结束的时候，只给自己留下一柜子不断贬值的名牌包。

3

相比起来，贾静雯的脑子要清醒得多。

第一次婚姻嫁入所谓的豪门，外界都觉得贾静雯的前夫孙志浩配不上她。实际上，孙志浩的妈一直觉得贾静雯配不上自己的儿子，结婚之后百般刁难，逼她去做亲子鉴定。孙志浩又对贾静雯家暴，还出轨。

贾静雯差不多有五年时间都没怎么工作，就是为了离婚和要回大女儿的抚养权。

之前她每次在公众面前出现，都是为了打官司，要抚养权，憔悴到不行；40岁时贾静雯嫁给修杰楷，每次见到她都觉得，哇！又美出一个新高度。

一段好的关系，一定能激发人性善的一面——温柔、善良、耐心和诚实。

一段坏的感情，只有不断激发出人性恶的一面——暴躁、放纵、善变和虚伪。

每个人心中都有两面，每个人都可以是天使或者魔鬼。

遇到错的人，愚人节每天都过。

遇到对的人，情人节每天都过。

对于贾静雯来说，第一段关系是消耗她的，第二段关系才是滋养她的。

4

早上起来看了女王 C-cup 的一个演讲，名字叫作《在一段关系中被滋养而不是被消耗》，我深以为然。

那些嫁错了、爱错了，照样能赢回来、美回来的人，就是因为他们在新的关系中被滋养了。

没有人喜欢在一段关系中被消耗，但不是所有人都有这个意识。

所以，改变那段消耗我们的关系，或者离开那个把我们变成魔鬼、怨妇的人。

让我们在平和和爱的关系中得到滋养，并且提高自己坚持自我的能力。

去挣钱，去见世面，去看最好的戏剧，去最美的地方旅行。

所以我们要为自己的精彩人生负责。

"重要的是，你是你。要五彩斑斓，要气象万千。你的路上只有你这一盏灯，一旦灭了，这条路就没有了。"

☉ 你的路上只有你这一盏灯,一旦灭了,这条路就没有了。

重复去做一件事的时候
已是最深的喜欢

» 韦娜/文

今年3月,刚刚来上海,开始报班学钢琴,有想学钢琴的想法是五年前。

就在一个下午,我走过街道,看到一家琴房,突然下定决心要去学。于是,我就坐在钢琴面前真的弹了起来。依然记得当时坐在钢琴前演奏时那种焦灼的状态,手还在钢琴上,却不听我的指挥。我没有办法控制我的左右手,更不可能双手连弹。

我特别不自信,给老师摊开我的双手,问他,自己是不是特别笨的学生。

钢琴老师说,他看了日剧《人生的果实》,里面有句话特别美,想送给我:"风吹树叶落,落叶生肥土,肥土丰香果,孜孜不倦,不紧不慢。"

末了,他特意说:"尤其是最后八个字,'孜孜不倦,不紧不慢',要找到自己对乐感和节奏的把控,多听音乐,多让手在琴键上行走,就能弹好钢琴了。学钢琴没有捷径啊,就是把你对钢琴和音乐的这种热爱,一遍遍地去做,去感受,去熟练,才有提升。还有,你得学会把自己放空,在我这里,你就是一个学生,而不是去教别人知识的讲师。"

一开始,我还是没有办法理解老师所言,于是,只好安静下来,慢慢地练习钢琴,一个音符一个音符地敲击,感受自己一点点的进步。直到学琴两个月后的一个晚上,我好像获得了一种顿悟,找到了节奏,双手突然变得很灵活,内心升起了一种愉悦感,很自豪,而且这种快乐的感觉只能私享。

很多事情都是这样的,你只有走过去,才能意识到之前的问题在哪里,只有解决了,你才能重新拥有新的智慧来思考自己的不足。当你面对一个新的问题,没有时间的积累和思考,你可能意识不到自己的问题。

学琴,真的让我的心静了下来。我好像获得了一种前所未有的自信,开始相信自己能处理好很多事情,开始变得积极,开始遇见问题不再想着逃避。心中总有一个声音告诉我,去做吧,多做一遍,熟练了就会好起来。

因为我知道,时间让人积累的东西,开始总是缓慢的、笨拙的,甚至有一些着急,看不清方向。但总有一刻,时间会把所有的努力在某一瞬间送还给你,让你踏实、满足,还有一种收获的快乐。于是,开始后悔，五年前的我，为何不去学钢琴，如果那时就已经开始，如今积累五年，一定会有更深刻的体会和收获。

30岁时，我突然开始喜欢慢下来的感觉，开始拒绝一些浅显的能够快速愉悦自己的东西，比如一些令人沉浸其中的，不断刺激我们神经的音频或视频。我开始喜欢经得起推敲的东西，经过深思熟虑的事物。深度思考带给我的不只是成长，更多的是内心对自己的肯定和自信。

我刻意慢下来，慢慢地走路，把喜欢的书再读一遍，把自己之前写的文字再看一遍。和朋友交流时，我不再像以前那样，急切地表达自己的想法，如对方与我意见不同，我便鲁莽地顶撞。此时，我更愿意放空自己，听他人不同的看法，了解他们看世界的角度。

这段时间，由于工作的安排，我走访了很多人，有机会了解别人拥有的另一种生活，感受不同人的生活方式。我拿着名单，去拜访了心理咨询师、茶艺师、插画师、陶艺师等。

他们无疑都是很优秀的人。围观他们的生活之前，我曾主观地以为，那些人之所以能过上自由的生活，任性地做自己想做的事情，多半原因是他们拥有足够多的东西，可以支撑自己的梦想。

直到一一走访结束，我才知道，不管怎样有趣或无趣的生活，真实的人生，每个人都有自己的课题要做。他们之所以比一些人走得快、走得远，原因就是他们把自己喜欢的事情做了一遍又一遍，直到重复做这件事成为生活的一部分，他们内心早已接纳了此种生活。我越来

⊙ 当你与喜欢的事情融为一体时,才是最深的迷恋。

越深刻地意识到，重复去做一件事的时候，不排斥，不矛盾，不拒绝，不拖延，就已是最深的喜欢。

那个插花老师，早年留学日本，白天读书，晚上打工，每天睡很少的时间，非常辛苦。但她骨子里又是倔强的，从不服输，慢慢地坚持了下来。但她心中时常觉得很累，这种疲倦，无法用日常学习和工作来缓解、来安慰。直到她遇见了插花艺术。

初次接触插花艺术课，她就站在教室的外面，看里面的女人在里面谈笑，很羡慕她们。她们坐在里面听，她就站在外面看。她开始买很多插花、艺术类的书籍看，提升自己的审美，去花园观察每一株花的生长，买一些花，自己琢磨、摆弄，非要折腾出不同的造型、不同的感受，才觉得满足。

她一遍遍地观察每一朵花，每一条枝叶，逐渐明白，花、枝叶都有独特的韵味，插花就是尊重植物的习性和生长特征。审丑是审美的一部分，意识不到事物丑的一面，也自然欣赏不了它的美好。

现在她已是很棒的花艺课老师。与她相处的时候，她只要不说话，我便觉得她是一朵花。如此性情，如此境界，我认为是她一遍遍锤炼自己后，生活给予的嘉奖。

一遍遍去做，一遍遍去感受，在这个过程中，喜欢的事情俨然已成为身体的一部分，无法分割。当你与喜欢的事情融为一体时，才是最深的迷恋。

一次次尝试，一次次失败，一个人享受其中，我们的心境早已在这锤炼中变得更为执着,更为纯粹。这样的信念,将支撑我们走更远的路。

但愿我们都可以遇见让自己喜欢且着迷的事情。

⊙ 风吹树叶落,落叶生肥土,肥土丰香果,孜孜不倦,不紧不慢。

Chapter4

纠结是你不快乐的根源

叔本华说，人生就是在痛苦和无聊中摇摆，如果求而不得便心生痛苦，如果无欲无求便空闲无聊。实际上，一切纠结的根源不在于可选择的有多少，而是你总想选择更好的。可是人生总要有所舍弃，才能得到更好的。

执着,是野蛮生长的天然养分

» 许许如生 / 文

1

有个姑娘大四实习的时候,在北京待了半年。宿舍离单位比较远,她经常天没亮就在北京零下几度的空气里等公交车,刚洗的头发出门就结了冰。

后来,她进入法院,从一名普通的书记员做起,看着法官们的睿智,梦想自己有一天成为一名业务精湛的法官,辨法析理、定纷止争。

她说:"我虽然没有让百姓'有栋宇之安,无饥寒之迫'的能耐,但是积跬步成千里,只要善待每一位当事人,审慎办理每一个案件,妥善解决每一起纠纷,我也有信心成为一名合格的法官。"

她从来不觉得心比天高是一件不好的事情。她始终相信"天道

☉ 逝去的那些时光,我们究竟得到了什么?

酬勤"。

　　为什么很多人觉得越努力越不值，越看不到希望？那是因为，别人落棋不悔，心中早已有未来一万步的广阔天地。而你下了一步棋，却天天想着，要不要悔棋。

　　曾看过一个故事，一个女孩的朋友送给她一个蝴蝶的茧。跟她说那会变成一只紫色的美丽蝴蝶。一天，那蛹破了一个小口，她坐在桌子前，仔细地看着蝴蝶宝宝费力地挣扎，想要破茧而出。那个过程很辛苦，那个看不清形状的小生命折腾了好几个小时，但还是没有什么进展。又过了一会，它好像筋疲力尽了，于是停了下来。女孩决定帮它一把，于是把剩下的那部分剪开了一道口，小蝴蝶终于不用费力就出来了。

　　然而，它没有像她预料的那样展翅飞翔。它紧张地抖动着一对皱巴巴的翅膀，身体还像一个肿肿的小虫。它最终还是没能飞起来。它一直在她的桌子上，带着那对紫色的、萎缩的翅膀和一个肿胀的身体哆嗦着蠕动，直到死亡的来临。

　　后来，从朋友那里得知，正是她的好心和性急断送了蝴蝶美丽的生命。因为，自然设计的每一步都有其存在的意义，在蝴蝶破茧而出的挣扎中，它会把身体里多余的水分挤到翅膀里，这样，当它终于自由的那一刻，它才能拥有轻盈的身体和丰盈的双翅。如果没有那个挣扎的过程，就没有起飞的能量。

女孩望着花园里飞舞的蝴蝶，突然真正明白了，如果没有痛苦和奋斗，人生永远不可能完整，就像没有挣扎的蝴蝶，永远不可能飞翔。

2

只有日复一日努力坚持，你想要的，时间才会给你。

非洲的长跑冠军哈利默，不是专业的运动员，也没有专业的训练老师和基地。他的父亲就是他的教练，两人一直过着贫苦的生活。有长达八年的时间，他们两个人的生活，只围绕着跑步这一件事。

没有其他太多的收入，日子过得很拮据。别人都劝他们："不是每个人都能通过跑步赚钱的，何必为了跑步过得这样穷苦呢。"

但两人还是坚持下来了。

8年的时间，哈利默的长跑速度有了惊人的进步，先后拿下了非洲长跑冠军和世锦赛的冠军。

在获奖台上，别人问哈利默成功的秘诀。

他说："这些年，我和父亲从来没有谈论过别人的生活，更不会羡慕别人的优越生活。只是做到过好自己的生活，一心一意追求自己的梦想。"

有个女孩，大学毕业后留在北京，工作了一段时间后，她决定辞职。辞职后她一边给人做英语家教，一边准备语言学研究生考试。

每天早上她七八点起床去学校图书馆，晚上十点回房间睡觉。北京的冬天真的很冷，夜里从车站到房间十几分钟的路程让她痛苦不堪。有时她为了省钱，常常吃白菜豆腐，舍不得买保温杯，只好把塑料杯子放在暖气片上。

那半年多，她抄了好几本语言学笔记，做的卷子不计其数……

后来她被录取了，她觉得原来上天不会轻易辜负我们的努力。

她说："我终于相信，我们的现在都是由过去组成的，过去的每一个行为每一次思考每一段经历造就现在的你，没有过去的我，就不会有现在的我、现在的我们。我们为自己的人生准备、创造财富，但财富并不是最终的目的，只有丰富的人生才是我们的追求。当然，丰富的人生需要我们去设计，去规划，幸福也不总是靠运气。"

3

宫崎骏的动漫《猫的报恩》里有句台词说，你不能等待别人来安排你的人生，自己想要的，自己去争取。

在硬骨鱼类的腹腔中，基本上都有鱼鳔。这是因为鱼鳔产生的浮力，能使鱼在静止状态时，自由控制其身体处在某一水层。而且，鱼鳔还能使鱼的腹腔产生足够的空间来保护其内脏器官。可以说，鱼鳔决定着鱼的生死。

可有一种神奇的鱼天生就没有鳔！但它至今已存在超过四亿年，它就是被誉为"海洋霸主"的鲨鱼。它创造了鱼无鳔却照样追波逐浪的神话。

是什么让鲨鱼离开了鳔在水中仍然活得游刃有余呢？科学家研究发现，因为鲨鱼没有长鳔，一旦停下来，身子就会下沉。它只能依靠肌肉的运动，永不停息地在水中游弋，所以能够保持强健的体魄，练就了一身非凡的战斗力。可能正是因为鲨鱼的天生缺陷，才迫使它不停地奋力游动，从而造就了它的强大。

就像一句台词说的："等你们长大成人了就会明白，人生还有眼泪也冲刷不干净的巨大悲伤，还有难忘的痛苦让你们即使想哭也不能流泪。所以真正坚强的人，都是越想哭反而笑得越大声，怀揣着痛苦和悲伤，即使如此也要带上它们笑着前行。"

4

我们每个人，都在自己的小船上奋力前行，追赶着生活的浪花。想要走上成功之路，必须依靠坚实的脚步。专心做好每件事情是一种能力，它可以将我们的思维与行动集中在某一特定目标上。

每个人都有自己要走的路，谁都不比谁容易多少。有人说，"我们可以将集中注意力想象成利用放大镜将阳光集中到一张白纸上，透过镜片将散射的光线能量集中起来，并且聚成一点——能量强大的一个中心点,迅速地让白纸燃烧起来。"

每天进步一点点。不要总是想着梦想在远方,而是要看当下最初的一小步,走了这一小步再走下一步,直抵我们所要到达的地方。这样的人生才不会有遗憾。

欲戴王冠,必承其重。光鲜亮丽的背后,一定都有一段努力拼搏的过程。

不焦躁,不停留,不后悔。坚持下去,你才能离目标更近。

⊙ 你不能等待别人来安排你的人生，自己想要的，自己去争取。

做自己才是最重要的事

» 米粒/文

早年当班主任的时候,我接触过一个"问题生"——小敏。

其实她成绩很好,是班里的尖子生,文科、理科样样精通。每节课间都见她捧着一本厚厚的书,如饥似渴地阅读。就是这么优秀的一个人,却很少和同学互动。慢慢地,大家开始在背后叫她"梅花",因为觉得她傲雪凌霜,实在太高冷。

能明显感到,刚开始她还是有点尴尬。比如谁都不愿意和她一个组讨论问题,因为她不说,大家很少能想到答案,可她说了,就变成了全场的焦点。所以每一次落单,小敏都显得有些不自在,这种不自然又助长了大家对她的审视和苛责,久而久之,小敏也没有融入集体的意愿了。

在那时候,这属于一个挺大的问题。因为我们的教育讲究尊重老师,团结同学,一定要有集体观念。每次见她一个人进进出出,单独行动,老教师们都会善意地提醒我:"这个人啊,是群居动物,怎么能不合群呢?其他人都能融入,为什么她不能?难道是集体的问题吗?"

我顶着压力决定找小敏谈一次。那天放学,我看她一个人在教室里埋头墩地,就走过去问:"小敏,你们组的其他人呢?"小敏忽然仰起了下巴,但很快又摇了摇头,继续埋头墩地,不再说话。

我和她一起收拾完教室,就拉着她来到了洒满夕阳的操场。其实那时候我找她谈话,不仅仅是出于班主任的关心,更想知道一个13岁的孩子,是不是真的有勇气和孤独较量。

现在回想起来,我的开场白有点不自然。我们先交流了最近看的几本书,其中她提到了美国作家理查德·耶茨的《十一种孤独》和威廉·戈尔丁的《蝇王》。然后我小声地问她:"每天看书辛苦吗?在学校的时候快乐吗?"

小敏思考了几秒,坦言一开始是会觉得有些别扭,也尝试在课间放下书本,和同学们一起玩耍。可她根本不认识其他人嘴里说的那些明星,即使想说也插不上话。小敏笑着说:"我曾问过自己,放下书,去和同学聊那些不感兴趣的人和事,我能坚持多久?一天,一周,还是一个月?可那样的我,还是我吗?后来,我就想通了。每段人生都不一样。别人已经有人做了,还是安心做自己吧,舒服才能快乐。"那天的小敏,从容自若地走进暖洋洋的阳光里,微闭着双眼,周身都是温柔的余晖。这么多年过去了,这一幕始终让我难以忘怀。

巧的是前段时间曝光的香港天才少女叶礽僖也遇到了这样的问题。

这位小叶同学十分厉害,11 岁开始创业,成功推出了世界上第一款儿童交流社区 APP,还成立了自己的软件公司,13 岁的她成了世界上最小的 CEO,联合国曾想聘她做实习生。

这样的经历,实在让同龄人望尘莫及。所以叶礽僖的苦恼和小敏一样。她常常感到很难融入学校这个团体,对同龄人谈论的化妆品和明星丝毫不感兴趣。只要有时间,就去读书学习,这样的人生,她觉得无比快乐。

所以,我们真的很难用世俗的定义去界定每一段鲜活的生命。你喜欢高朋满座、歌舞升平并不代表孑然一身,离群索居就一定不好。人的机体对外界环境的改变非常敏感。天气热了,就会脱衣纳凉,温度低了就会添衣保暖。而我们的心理更是如此。因为每个人的家庭、性格、爱好不同,所以自身的频率、波段就不同。

喜欢打牌的人自然爱找牌友,碎嘴八卦的人就喜欢扎堆。当外界环境对你是一种滋养的时候,你肯定会义无反顾地投身其中,但如果周围人的价值观和你格格不入,那你就可以大大方方地排除干扰,坚持做自己。当然,这里面既有坚持保有自己的个性,还包括不忘初心,坚持做自己感兴趣的事情。

前段时间,有一位谷歌首席科学家突然火了。她叫李飞飞,是全球十大顶级科学家之一,也是斯坦福最年轻的终身教授,在顶级计算机期刊上发表超过100篇的学术论文。而她的人生经历,恰好告诉了我们,做自己喜欢的事,比什么都重要。

1999年的时候,李飞飞大学毕业,就业形势一片大好。她同时得到了麦肯锡和高盛等多家华尔街机构的邀请。但她却为了心中的梦想只身去西藏研究藏药。因为李飞飞从小就坚信了解中医和藏药是了解中国文化的一个重要入口。她不愿让自己的梦想搁浅。

就这样,李飞飞一直坚定地走在自己选择的道路上。几年后,她再次放弃了华尔街的高薪工作,毅然决定读博,而且选择的是非常冷门的人工智能和计算机神经科学。李飞飞说:"这么多年的经历告诉我,眼睛看到的前方应该是空旷的,我们必须找准自己的方向。"

有记者问徐静蕾:"不结婚、不生孩子会不会被嫌弃?"

徐静蕾苦笑着说:"身边的确有很多朋友发自内心地劝我结婚生子。但究竟怎么做才是对这个人好,只有自己清楚。别人真的无法体会。每个人能想清楚自己就很不容易了,怎么还能去指导别人的人生呢。"

这个北京大妞完全没有"跟别人不一样"而引发的恐慌,始终坚持过着自己想过的生活,做导演、拍电影、画画、写字、摄影。后来,徐静蕾又迷上了做手工。

她在微博里写道:电影上映后,我到洛杉矶休假,车开在 La Brea

大街，经过一家布料店，竟然有缝纫的课程，于是我就进去报名了。

此后的假期都变成了老徐的采购日，无论是洛杉矶、东京、曼谷还是台北，也无论是首饰店还是布料店，她一逛就是一天。即使在拍戏的时候也不肯停手，深夜收工后还要再做两个小时的手工。

那些戒指、耳环、背包、衣服都成了老徐最引以为傲的作品，即使遇到朋友揶揄，她也嬉皮笑脸地回答："要是所有人都理解你，你得普通成什么样啊。"这大概就是真正的喜欢吧。

常听人说，我们生长在同一片蓝天下，我们面对的是同一个世界，同一个地球。可是这相同的世界在每一个生命面前又都是如此的不同。出身与教育造就了性格，性格决定了观念，观念又生成了思维方式。

所以，我们每个人都有自己独特的视角和个性化的表达。每一种思想都会有人支持，也会有人反对。就像同样的城市，既会有人喜欢，也会有人讨厌。每个人都在用自己的观点和立场与这个世界不断地碰撞，在这一点上没有高下和对错，只有选择和取舍。

杨绛先生曾说："我们曾如此渴望命运的波澜，到最后才发现，人生最曼妙的风景，竟是内心的淡定与从容。我们曾如此期盼外界的认可，到最后才发现，世界是自己的，与他人毫无关系。"

你应该合群，你应该结婚，你应该生个孩子，你应该像别人一样。这些话无论是假意还是真心都只是别人的意见。我们完全没必要因为害怕孤独而强迫自己置身于某个圈子，把时间和情绪交由他人去挥霍，去引导。

只有做想做的事，爱想爱的人，走在想走的道路上，才能彻底激活我们的喜怒哀乐，感受到真正的畅快自由。

正如我喜欢的一位作家所说："活着的使命绝不是尽量让更多的人接受自己、喜欢自己。活着，是为了不断找到那些真正有趣的事，做一个绝不完整但十分精彩的人。"说到底，这世界只有一种成功，那就是用自己喜欢的方式，畅快淋漓地过一生。

⊙ 活着的使命绝不是尽量让更多的人接受自己、喜欢自己。活着，是为了不断找到那些真正有趣的事，做一个绝不完整但十分精彩的人。

不痴魔，不成活：
活得最带感的都是偏执狂

» 小岩井 / 文

最成功的往往是偏执狂，最失败的也是偏执狂。无论是哪一种，对于活着这件事本身，都充满激情。因为他们始终想和自己喜欢的在一起。

上周末，去看了孟京辉的《恋爱的犀牛》。

这部话剧在文艺青年中也算是人尽皆知了，我虽然看过书，但还是第一次看现场演出。

感受良好，当文字化为语言的时候，用合适的声线与情境表达出来后，原作那种偏执的、不可理喻的、痴狂的少年心，化作你眼前那位年轻清隽的男演员一声声撕心裂肺、求而不得的喃喃自语时，恍惚间就好像穿透了一个人的皮肤，在看一颗呻吟痛苦的灵魂独白。

《恋爱的犀牛》中马路的朋友评论过一句话，他说马路有病，他总是过分夸大一个女人与其他女人的不同。

这话挺有意思。

恋爱中的人常常会在表达情意的时候说,你是独一无二、无与伦比的,任何人都无法取代的。

可能十个人里面有两个说的确实是真心话,处于热恋中的人,真的是会情人眼里出西施。

为爱痴狂的人,都是偏执狂。

然而,任何偏执的东西,都是棱角分明的、尖锐的、锋利的刀。

刀能披荆斩棘,所向无前;也会穿肤刺骨,伤人伤己。

偏执的人习惯不给自己留退路,迎接他们的只能是天堂或地狱两个极端,没有中庸之路可走。

用佛家的话说,偏执就是一种程度很高的痴。

不是每个人都那么容易痴的,痴若用对了地方,在世俗意义上,往往成为某方面卓越不凡的狠人。

创造这个世界最大声音的,都是把一件事做到极致的人。这些人无一例外,都曾经或正在经历着痴迷与偏执。

《一代宗师》中的宫二姑娘说:"我爹常说,我这种人,唱戏能成为名角,出家能成为高僧,因为我会迷。在我爹身上,我看到的不是招,是意。"

因为他们会痴迷,所以能体会比寻常人更深刻的生命力,也许会有更多的苦痛与煎熬，但同时也有更多的体验与感悟。

这些东西，不痴迷的人永远体会不到。

所以有人说，真正的高手，都是痴人。

而那些已入化境的超一流高手，是在痴过迷过之后顿然了悟，终于学会了放下的人。

没有痴过，何谈放下。

李寻欢说："痴并不可笑，因为唯有至情至性之人，才能学得会这痴字。"无论谁想学会这痴字，都不是件易事，因为痴和呆不同，只有痴于剑的人，才能练成精妙的剑法，只有痴于情的人，才能懂得别人的真情，这些事儿不痴的人是不会懂的。

往往，只有至情至性的人才会成为偏执狂。

越是世俗的、精明的、变通的人，越不容易偏执。

你不爱我，无所谓，我换个人继续追求。

有些东西尝试过了，失败了，那就这样吧，大不了换一个，或者干脆放弃吧。

退一步海阔天空，东边不亮西边亮。

这种人脑子活，总是能在纷繁复杂的人世变化中找到合适的方法、合适的位置，不会一条道走到黑，撞得头破血流。

可是偏执狂不会这样，他们就是要走到黑，就是要头破血流，要不怎么看得到最后的风景与炼狱？

他们认准的事，那就一定要干到底，即便中途有悬崖，只要没有

⊙ 然而任何偏执的东西,都是棱角分明的、尖锐的、锋利的刀。

粉身碎骨，那就一遍遍地跳过去。失败？再来！

只要一念尚在，此身尚存，就如西西弗斯推着巨石上山，在绝望和希望的巅峰与低谷之间反反复复，不达目的终不罢休。

人类强烈的自我实现的生命意志，在他们身上体现得淋漓尽致。

歌者的歌，战士的刀，文人的笔，科学家的真理之路，英雄的斗志，少年的赤心，无不如此，只要不死，就不会放弃。所以我说，活得最带感的都是偏执狂。

当然，太多的人如我一般，不偏执也不痴狂，不会过分夸大一个世俗之物的地位。

对一切都浅尝辄止的人，无法感受任何事物真正的乐趣。

学个吉他，只会 C 和弦就半途而废。

学个外语，会做自我介绍就束之高阁。

爱一个人，对方稍微不那么热情就主动退却。

找个工作，才干一个月就嫌这嫌那。

就算玩个游戏，也不认真，坑了队友还觉得别人太较真。

这样的人，不要太多。

人活着，当然会有很多身不由己的选择，有些可能后悔，有些会让你难忘。不过最终还是会发现，其实什么时候重新出发都不晚，怕就怕因为过去的选择，丧失了所有的斗志，像个落败的公鸡，坐以待毙。

太多的人活得不自在，不痛快，就是因为他们从来没有一件事是做得彻底的。

他们不会毫无保留地去爱，也不会洗心革面地去改；不会无所顾忌地去争，更不会了无牵挂地放下。没有一件事是做得彻底的，一件都没有。他们只会任由所有不彻底的念头在脑海中萦绕盘旋，一天又一天，就是不去落实。

为什么你始终没有获得过真正的开心？那是因为你的心从来没有彻底打开过。

一个人对某件事的痴迷程度，如果能同最原始的性欲一样强烈，那么他做什么都会有所成就的。

根本不需要别人来提醒他坚持或者忍耐，他自己那么强烈的痴心就能支撑他达到极致，可能会到天堂，也可能会去地狱，但绝没有中间路可走。所以最成功的总是偏执狂，最失败的往往也是他们。

我生性散漫，对什么都不太执着。说来就来，说走就走，说爱就爱，说散就散。

我可以厚着脸皮说这是佛性，也可以说这是一种凉薄。

一直以来，我都对带有偏执特质的人有特殊的兴趣，无论是现实还是小说电影中，那种一意孤行，一腔热血，一心一意只为达成一件事的人物与情节，总能让我看得津津有味，回味无穷。

我不得不承认，作为一个偏执狂的他们，活得真带感。

找到自己所爱，痴狂也好，偏执也好，只要无悔，都是上天赐予的礼物。

成为你自己，是最好的教育方式

» Jenny 乔 / 文

1

这些年，身边的人都很焦虑，特别是做了父母的人，总是担心自己给不了孩子太多。曾经看过一篇刷爆朋友圈的文章《对不起，爸爸妈妈给不了你 800 万的学区房》。文章的主人公是一对 80 后小夫妻，他们没给孩子买 800 万块钱的学区房，而是选择辞掉了工作，用积蓄带着五岁的儿子环游世界。

此文一出，就引发了父母圈激烈的讨论。有人说，带孩子见世面比学校教育更重要，也有人说，周游世界不过是另一种形式的炫富。当然，还有一大批家长陷入深深的自责和焦虑。

"别人的孩子都能环游世界了，我还拿着月薪 5000 的死工资。"

一个刚休完产假的同事一边感叹,一边认真研究带孩子环游世界要花多少钱,恨不得立刻把机票给定了。

我问她:"你家孩子还不到一岁,计划得太早了吧。"

她笃定地看着我说:"再不计划,更追不上人家了。"

这种场景和对话多么似曾相识,过去是上名校,培养学霸,现在变成了诗和远方。

我们经常说成功的教育就是让孩子学会不要去模仿别人,可事实上,最喜欢模仿别人的是父母。

看着别人的孩子得了作文比赛冠军,就急着给孩子报写作班。看着别人给孩子报奥数班,就恨不得教出几个华罗庚、陈景润。现在变成了,看着别人带孩子周游世界,就得来一场说走就走的旅行。

可是,这样真的好吗?

2

邻居小南有个上五年级的儿子,学习成绩一直特别好,而且从来不吵不闹,每次去他家他都在安安静静地自己做作业,从来没让小南操过心。邻居们每次说起小南,都羡慕不已。

突然有一天,小南跑来问我,认不认识合适的家教,说想给孩子找个家教。

我劝她没必要。孩子这么长时间都是自己学习,成绩从来没下来,干吗非要找个人来管他呢。

可她不听,最终走了好几家中介,优中选优,给儿子找了个家教。结果,孩子特别反感,过去好好做作业的场面再也看不见了,反而经常和家教对着干。孩子央求了妈妈好几次,说自己根本不需要家教。可小南就是铁了心,觉得必须请。为此,母子俩闹得不可开交。

后来,我细问才知道,原来是几个妈妈凑在一起聊天,一个妈妈跟她说:"现在学校讲的东西太少了,根本不够用啊,你看×××和×××,早都请了家教了。"

小南一听着急了,孩子眼看着要升学了,竟然不知不觉地就落后了。所以,这才铁了心要迎头追赶。

营销学上,有一种方法叫稀缺营销,就是利用人们对自认为稀缺资源的渴望,来达到自己的目的,比如限量款的包包、鞋子等等,最有名的案例就是"钻石恒久远,一颗永流传"。这其中,当然也包括教育。一旦父母认为自己没有给孩子提供稀缺的教育资源,就会陷入恐慌。

曾经听过北京大学教育学院副院长刘云杉的一次演讲,她说,中国家庭教育其实在为竞争而学。教育的目的成了消灭差生,让所有孩子都一样好。我们训练让乌龟和兔子一起赛跑,还不允许他们失败,乌龟不能输给兔子,这是多么可笑的游戏规则。

很多家长说,这就是现实,今天是这个优质教育资源稀缺的时代,不抢就是没有。我倒是以为,教育资源并不稀缺,相反是过剩的。有

⊙ 没有最好的教育，只有适合的教育。

太多方法、太多先例、太多专家告诉我们如何培养一个成功的孩子，真正稀缺的是父母为孩子挑选教育方式的能力。

3

我以为，有这么几点，值得所有父母思考。

第一，没有最好的教育，只有适合的教育。

托尔斯泰说过："爱孩子是老母鸡都会做的事，关键是如何教育。"生活里，经常听年轻的父母说，教好孩子是他们一生的事业。我特别赞同，但是教育的功利性正在破坏我们的初心和目的。

世上没有最好的教育，只有合适的教育。成为你自己，才是最好的教育方式。真正聪明的父母从来不盲目。

这几年，我发现身边越来越多的父母迷恋欧美的所谓素质教育。他们不再攒钱买学区房了，而是计划着把孩子送出国，而且必须上常春藤，否则这书就白读了。

问他们为什么，总能给你列出各种各样的理由。最主要的一个就是外国学校里念书不累，各种课外活动，丰富多彩的文娱生活，好像孩子玩儿着就把知识学了。

可是，耶鲁大学英文教授德雷谢维奇写了一本《优秀的绵羊》，告诉我们，常春藤和我们想的不一样。他说，精英高校同样没有培养出富有创造力的探索者。

我们都以为,美国的孩子热衷于体育锻炼,喜欢参加社会活动,孩子们的大部分时间其实在玩。但德雷谢维奇说,孩子们参加课外活动的本质还是为了显示自己的领导力,这也是进入常春藤的必备素质。

所以,常春藤不是素质教育,只是换一种姿势的应试教育,他们也是按照名校的要求一项一项完成自己的简历。

德雷谢维奇推崇多元、严格的公立学校,反而有那么点中国教育的味道。

适合孩子的教育,从来不在别人嘴里。我们想给孩子最好的教育,常常只是为了满足父母自己的心理需要。不是说外国的教育不好,也不是说名校不好,而是说大家说好的教育方式未必那么好,大家说差的教育方式也未必那么糟。

它们各有利弊,每一种教育方式都有可能培养出优秀的孩子。

第二,教育不是用钱,而是用心。

一个大学同学,家境不好,和妻子两个人靠自己打拼,在北京郊区贷款买了一套小房子,每天上下班要花将近两个小时。几年前,他当了爸爸,和很多备孕阶段就开始四处打听学区房的父母不同,他们小两口决定不买学区房,就近给孩子上学。

2017年,一篇《月薪三万,还是撑不起孩子的一个暑假》的网闻炒得火爆的时候,我们聊起过孩子的教育和未来规划。他说自己绝不会花那个钱让孩子去周游世界。顶多带他去杭州上海等地玩玩，如果将来孩子有能力，就自己去闯世界。

说实话，听了之后，我有那么一点震撼。我问他，就没有那么一丁点担心自己的决定耽误孩子的未来？

他笑着说："有我在，怕什么。"

后来，我懂了，砸钱是一种教育方式，但未必是唯一的。有些父母，可能无法带孩子去昂贵的迪士尼，同样可以陪孩子在免费的郊野公园里探索大自然的奥秘。可能无法让孩子上半个班都能上北大清华的重点高中，但他们愿意花更多时间和孩子一起读书学习。

当父母，如果是砸钱那么简单，那这个世界上就不会有那么多物质上的富二代、精神上的穷二代了。

《不可思议的妈妈》里有一幕让人看得揪心：郑希怡的女儿浸浸因为生病不能外出拍摄，郑希怡只好独自留在家里照顾女儿，没想到女儿哭个不停，她怎么哄怎么骗都没用，不吃饭，不喝水，无可奈何的郑希怡崩溃了。最后，只好无奈地打电话给闺蜜应采儿。这时，突然发现工作人员把浸浸哄好了。

后来大家才知道，原来是郑希怡平日忙于工作，在家也都是保姆带小孩。

再看看应采儿，自从儿子出生之后，她就很少出去工作。微博里都是和孩子的日常。

不久前，她晒出和儿子Jasper做比萨的照片，让她的"厨房育儿法"

赢得了一片赞赏。大家都说，凶巴巴的陈小春能养出小暖男Jasper，都是因为有应采儿这样一个妈。

和孩子一起做饭，看上去是一件简单的事，藏着的却是父母的用心。诺贝尔文学奖获得者莫言曾说过，家长的态度，决定下一代的幸福感和价值感。教育，说到底拼的是就是用心。

第三，不焦虑的父母才能养出心态好的孩子。

《爸爸去哪儿》第三季热播的时候，很多人都拿林永健和胡军这两个爸爸对比。

有一集，我印象特别深，萌娃们分成几组完成一项守护"冰淇淋"的任务，爸爸们则充当捣乱者的角色，想尽办法让孩子吃掉冰淇淋。林永健的儿子大竣和夏克立的女儿夏天被分在一组。结果，他们都失败了。

可是，夏天的反应是：被发现了，那我就告诉他们呗。而大竣却直接躲了起来。因为林永健全场都在担心孩子犯错，害怕他做得不好。

龙应台在《目送》里说过一句话："在我们整个成长的过程里，谁，教过我们怎么去面对痛苦、挫折、失败？它不在我们的家庭教育里，它不在小学、中学、大学的教科书或者课堂上，它更不在我们大众传播里。家庭教育、学校教育、社会教育只教我们如何去追求卓越。"

又害怕局面失控。一边希望孩子过得好，一边又担心他们被这个弱肉强食的世界淘汰，在这种矛盾和挣扎里，整个家庭都筋疲力竭。

⊙ 绝不要把自己的孩子和其他孩子比较。

卢梭曾经说:"绝不要把自己的孩子和其他孩子比较。即使在赛跑的时候,也不能使有竞争者。我宁肯让他一点东西都不学,也不愿意他因为嫉妒或者虚荣而学到很多东西。"

而现实里,父母却早早地把孩子推入比较和斗争里,让他们执迷于成功。看着那些疲惫不堪的孩子和焦虑的父母,不得不说,我们所谓的成功学正在摧毁下一代。

教育,是一个经久不衰的热门话题。每次和身边的父母们凑在一起,都会聊起到底什么样的教育是成功的。我想,任何一种教育都可能成功或者失败,买800万的学区房也好,带孩子环游世界也罢,甚至摆摊卖菜,没有一种标准能衡量教育的好坏,我们更加没有必要按照别人的方式去教育孩子。

因为无论哪一种教育,最终的目的只有一个,有一天,当我们离开这个世界上的时候,他们依然能够自信、勇敢、幸福地生活下去。

明明很洒脱，却为什么越来越不快乐

» 安乔 / 文

圣诞节刚过，商场里还是节日的氛围，圣诞树、圣诞帽，甜品店里有相互依偎的情侣。

在女装区，闺蜜掏出银行卡，很自在随意地刷下了她中意的那件大衣，然后又转战女鞋区，逛了一圈后，拎着大包小包，我们钻进了星巴克。闺蜜有些失神，茫然地冒出一句：好快啊，就快要过新年了。

闺蜜收回迷茫的眼神，对着我说："你觉不觉得，明明现在的我们能拥有的越来越多，却为什么还是不那么快乐？"

我看着闺蜜脚边那些大包小包，渐渐跌入了回忆。

那是学生时期，有一次逛商场看中了一款包包，我本是个对物质没什么执念的人，可不知道为何那次却意外地非常喜欢那个包，伸手去看价签，就被吓到了。其实现在来看，也不是多么贵，不过是几百块而已。可在那时，却是很昂贵的物品。

那个下午还逛了许多店，但都没有什么中意的，心里还想着那个包包。

当时发狠心，将来自己挣钱了，一定要把包包买回来。后来那个执念也就不了了之，我也早就能买得起更贵的包包了。

现在的我们，能拥有的真的比以前多，漂亮的衣服、鞋子、包包，好玩儿的、好吃的，只要自己能力承受范围内的，也都能满足自己。光怪陆离的世界，花花绿绿，我们也都大可尝试。

可是为什么，好像还是不那么容易快乐。

说到感情，闺蜜喝一口咖啡，说："遇到喜欢的人，我们不再像以前那样扭捏作态，会懂得示意对方，甚至还会主动去撩，多制造一些趣味；没有喜欢的人，也能给自己找乐子，不会可怜兮兮地伤春悲秋，好像再也没有什么人，能让我们痛彻心扉，像十七八岁时那样。我们明明更洒脱了，可为什么还是不那么快乐？"

想到之前，小伙伴失恋，哭得不行，就很是不识趣地感慨了一句"好想恋爱啊"，然后再失恋，狠狠地哭一场，悼念那份死去的爱情和不再拥有的快乐。

最近大家很流行说"佛系"，我们越来越洒脱了，没有什么可计较的，没什么不快乐，可是好像也没有多少实在的快乐。

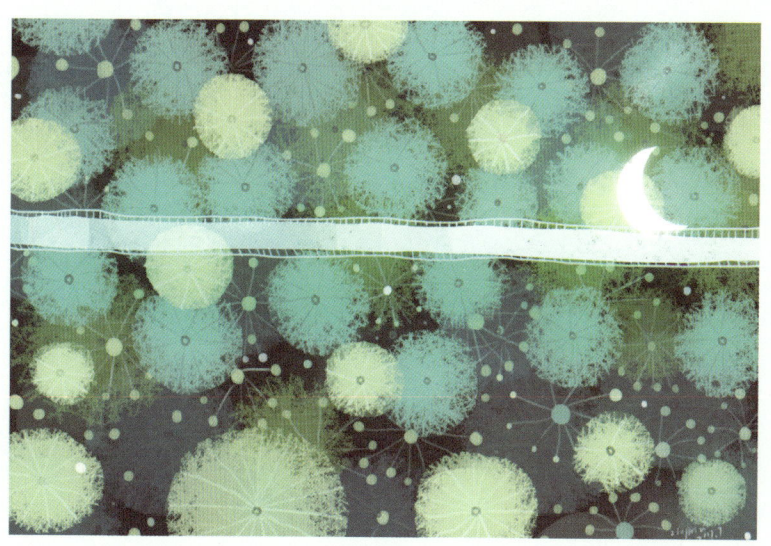

⊙ 有一种快乐叫"讨好你自己，让自己很快乐"。

站在扶梯上时,前面一个三四岁的小朋友,手里拿着小气球,他转过身来冲我笑,我蹲下来逗他,问他:"你快乐吗?"

他扬起天真的笑脸:"快乐呀。"

内心不知为何,莫名地动容,甚至有一点矫情地想落泪。

那些纯粹的、简单的、天真的快乐,其实还是能触动我们的,只是它们不再具备持久力。又或者说,我们的心已经疲累,需要更强烈的刺激源,然而这根本是个悖论,剧烈的欢愉过后,接踵而至的,是更巨大的空虚。

流连于各色女孩之间的小伙伴曾说过:"有时醒来,会不记得对方的名字,甚至忘记自己身在何处。孤独让我无处遁形。"

这两天在循环听杨千嬅的这首《再见二丁目》,里面有一句:"原来我非不快乐,只我一人未发觉。"

我有时会想,也许快乐一直都在我们身边,只是我们视而不见,人心执着的,都是自己未曾拥有的。

就像迎着寒风去搭地铁时,路过几个小女生,隐约听到她们议论:"刚那个人喷的什么香水,好好闻哦。"

你觉得不快乐,却有人羡慕你所拥有的。

当你不快乐的时候,不妨想一想,也许是你想要的太多,其实你已经足够快乐了。

就像那个天真的孩子,当他拥有手里的一只气球,他就足够快乐,

☉ 原来我非不快乐，只我一人未发觉。

而不会羡慕别人手里的名贵衣服和鞋子。

很多时候,也许不是快乐不够多,而是人心不够纯净,太浮躁,太飘忽。

其实快乐很简单,且一定有一种快乐叫"讨好你自己,让自己很快乐"。

Chapter5

每一种平凡，都有答案

每个人都有自己的光芒，每个人都有自己的故事，我们不是为了别人而活，过好自己的生活，比什么都重要。每一种平凡的日常，都有值得期许的小确幸。

每一种平凡,都有答案

» 闫晓雨 / 文

如果我们想要从时间的壳里剥出自己憧憬的果实,在此之前,就先要学会滋养时间的坚硬与无情。

遇见阿五那年,我刚到北京。

每晚下班从地铁口出来后,会经过一条人声鼎沸洋溢着烟火气息的夜市,卖小吃的阿姨总是很慷慨,给年轻人的炒面满满当当塞满塑料盒子。她说自己的女儿在广州打工,希望她也能吃得饱饱的。我喜欢观察这条路上的摊贩:卖特色食物的大妈,卖品牌折扣衣服的张哥,立着块小黑板贴手机膜的男生梳着圆寸头,还有我最喜欢的应着时节轮换的鲜花小妹。

这些人,是在北京五环之外才能打着交道的存在。

给我印象最特别的摊贩,是夜市末尾处的阿五,他总是一边看书一边卖碟。他那辆香槟色面包车上装满了车载CD——但却不是国内大街小巷常听到的那些广场舞旋律。

阿五的CD有着自由切换在不同领域的音乐灵活,晴天时会放轻快的美国乡村音乐,阴天时是轻音乐,我叫不上名字,只觉得应着灰蒙蒙铅色的天景叫人心头格外透亮。

某天傍晚,狂风突至,服帖在地面上的灰尘翻卷起来,钻入路人的鼻,大家纷纷快速掩面而去。附近的摊贩都麻溜儿地收拾好了手边物件,打算回家,阿五那边却突然传来万能青年旅店的《十万嬉皮》,这首歌唱出了现代青年对于理想近乎极致的幽困,是很多喜欢摇滚的最爱。我忍不住走过去,看着阿五一如既往倚靠在车旁看书,神色淡然,完全没有受到大风潦草催促的迹象。

听到我要买万青的CD,阿五开始主动和我搭讪,这一聊,我才知道,原来我们差不多大。他平时不苟言笑的感觉总让我觉得他应该年长我很多。

阿五出生在西南某地的一个农村,家里同辈兄弟姊妹众多,他是老三,很容易被大家忽略的存在。打小阿五就知道,自己家的情况实在糟糕,怕是很难供所有孩子顺利读完大学。所以尽管在学校里成绩优异,高考之后他还是决定离开家乡,一路北上,来到帝都,既为了多赚点钱贴补家用,也是想通过自己的努力考上心仪的学校。

"那你想考哪个大学呢?"我问。

"美国的伊利诺伊大学。"阿五眼睛亮晶晶的。

阿五来到北京之后,去留学机构咨询了情况,得知出国留学除了要学英语考托福、专业考试,还要有一笔不菲的生活费。他一天打三份工,辗转在不同的场所,因为受着学历的限制,所以工作起来算不得很轻松。好在阿五做事勤快,与人为善,在几个打工的地方都很快干得得心应手。夜里他就来夜市卖碟,他发现这片区域大都是和他差不多的年轻人,这些人喜欢的音乐,多半不是凤凰传奇之类的。

懂得观察和对症下药,是做生意的基本道法。每晚 6 点钟之后,地铁口会涌出大量人流,在办公室里压榨了一天的干渴之心最易被音乐点燃。阿五的摊子前总不缺生意。

从那之后,路来路过,我也总会上前和阿五聊那么几句。

他每晚都是最后一个收摊儿的,完工之后,他就回到自己租的单间小隔断。没有窗户,一个月 800 块钱。他去宜家买了盏性能好、耗电量低的台灯,夜里就在那盏灯下学习,为了不打扰合租室友,他背单词从来不出声,仅仅是嘴巴在张张合合。

北京的冬天不好过,呼啸而来的大风经常会从窗户缝里钻进来。

阿五的房子是自采暖，为了省钱，他舍不得开暖气，就往被子上加盖衣服。他窝在被窝里，数着当天卖碟所得的现金，把每张钞票的边角处都展平整。然后在睡觉之前给家人发个短信，报个平安，告诉他的爸爸妈妈："我在北京很好，吃得好，穿得暖，合租的室友非常友好，要是缺钱就和我说。"

阿五把这些转述给我，语言之间尽显平淡，我却听得心头发热。忍不住反问道："那你觉得，在北京这样的生活好吗？"

他点点头："我喜欢卖碟，也喜欢赚钱。喜欢看书，也喜欢和人交流。可能在大家眼里我很穷，但我从来不觉得自己穷。我有童年时下河捉虾的快乐、有阿弟阿妹纯真的笑容、有这满满一车拥有奇形怪状灵魂的音乐。我所享受到的世界，早已超过我为这世界所做的一切，我还有什么不满足呢？"

那也是我来北京的第一年，比起阿五，我显得很惭愧。

缺乏耐心，工作压力大的时候情绪就易燃易爆。做事浮躁，一篇文章里经常出现错别字。三分钟热度，虽然热爱却不够专注，觉得太难做到的事情，就劝自己不如早日放弃。

这一生，我们都有可能遭遇任何想象不到的际遇，贫穷、病痛、战争、丢东西、失意，等等。

有那么一段时间，对于写作，我陷入了无尽的失望。觉得怎么写

☉ 每一种平凡,都有答案。

都写不好，觉得每个字的落笔都徘徊在俗套与肤浅之中，想要表达的，往往不是最终呈现出来的。甚至，我开始怀疑是不是自己压根就不适合写作。阿五也许看出了我恍惚背后的压抑，给了我一个建议："不要停，继续写下去，用作品踩过情绪，终会熬出头。"

熬，这个字所代表的不是具体时段，而是我们胸怀的宽度。

没有人能知道，从量变到质变的路究竟有多远，熬不到事物发生根本性改变的那一刻，蚕蛹不会成蝶，黎明冲不过暗夜。如果我们想要从时间的壳里剥出自己憧憬的果实，在此之前，就先要了解时间的坚硬与无情。

2015年的某天，阿五的摊子突然不见了，之后，再没有出现。

随着我的搬家，那条夜市上所发生过的故事也离我越来越远。有时候我会想，阿五会不会在北京的另一个地铁口继续卖碟攒钱，还是去了理想中的大学。

直到上周，因为实在想念夜市上的那碗烤冷面，不经意间看到旁边那辆熟悉的香槟色面包车，却发现卖碟的小哥操着一股流利的东北味儿，不是阿五，车上放的CD也不再是《十万嬉皮》。卖碟的小哥告诉我，一年前，阿五就转手把这辆二手车卖给了他，还送了他很多碟，不过那些碟他不是很喜欢，就压在了箱底。

"那他人呢？你知道他去哪儿了吗？"

"我不知道他具体要去哪儿,不过貌似出国吧?卖车的那天,听到他说去办美国签证什么的。"

每一种平凡,都有答案。

阿五让我想到非洲草原上的一种奇异植物,尖毛草。在其他植物迎着春天的脚步而日渐恢宏的时候,尖毛草的高度始终保持在一寸左右,就像条被上帝抛弃的可怜虫。然而,让人意想不到的是,半年后的一场滂沱大雨,让尖毛草奇迹般地拔地而起,每天以一尺半的生长速度向上蹿,很快就能长到一米七八左右。一排排的尖毛草宛若高墙,成为草原上当之无愧的"王"。

事实上,尖毛草在早期不是没有生长,只是它生长的不是地面上的茎,而是地下的根。在长达半年的时间里,尖毛草的根会不断向周围和更深处扩张,扎得最深处竟然可以达到20多米。

人和尖毛草一样,想要实现自己心中所想,你要学会埋伏笔,要有足够的诚意。

杰拉尔·乔德里说:"在人生的终点,人类留下的不是我们得到的东西,而是我们付出的东西。"没有无缘无故的幸运,亦没有异想天开的奇迹,那些看起来很遥不可及的东西,只属于愿意为了它不顾一切努力而行的人。

对不起,我注定会辜负你的期待

» 绒绒 / 文

1

最近高中同学的群里在组织同学聚会,时间和地点一时敲定不下来,聚会的事情也就一直拖着,拖来拖去也就不了了之了。

曾有一段时间,我不喜欢参加聚会,阔别之后的重逢,免不了一番寒暄与问询之后,牵扯出自己的生活。

于是这些曾经相亲相爱的老同学、老朋友,自然而然地被分成了几类人,有的人衣着华贵、谈吐优雅,有的人粗布麻衣、平淡无奇。那些华贵的人在红酒杯的衬托下格外耀眼,而这些身着简朴之人在灯红酒绿下显得跟这场面格格不入。

酒散离场后,我们不得不感慨,过了这么多年,曾经多么相似的

☉ 好希望你变成绚烂多彩的模样。

我们，过起了多么不同的人生啊！

人过了 30 岁，就到了一个半生不熟的年纪，有些年轻人无法体会到的经历，却也说不上有多成熟，能把这一辈子看穿。好像走到了人生的某一个特定路口，会时常回过头看看从前走过的路，也会充满忧虑地向前方张望。

望着相册中的某一张照片会突然陷入深思：那个在如花的年纪所承诺自己的事情，都做到了吗？那种曾经想要的生活，如今还在坚持吗？

经常有人做这样的事，写一封信给许多年以后的自己，告诉他/她：我好希望你变成绚烂多彩的模样。

也许为了这种执念，有些人努力了很久。更多的人，走了半途，走着走着，忘了自己这一份坚持，在守候着曾经怎样的执着。很多年以后，也许有人回忆起这段往事，打开信封，发现如今的自己已经和当初的自己判若两人。

总觉得人活着最好的状态大概就是：往事如尘，未来可期。但是我们往往抓不住自己这样的一面，相反，我们总对曾经太执着，对未来太迷茫，让自己变得好像很幼稚。

放不下过去，抓不住现在，看不清未来，这也许是大多人的困顿。但也许，没有一种人生是随着我们计划而来的，我们在苦苦挣扎的时候,在经历重重磨难与自己和解的时候,每场雨过后看到彩虹的时候,就是我们人生的模样。与期待的不一样,但却是我们努力过后,给自己最好的交代。

2

十几年前,我们也曾是十几岁的少年,也曾踌躇满志地在毕业典礼上悄声问彼此:你今后想过怎样的人生啊?

盛夏的季节让所有人都躁动不安,我们彼此露出一张真诚又无畏的脸,各自怀着心事去思考自己人生的某一种可能。

想过怎样的人生呢?

也许没有人有一个明确的答案吧。毕竟生活不是教科书,而是一场前路未卜的旅途啊。

我的老班长是一个笑起来会有些害羞的男孩子,青衫白鞋,就是邻家大男孩最真实的样子。那年夏天,他成了那届全市的高考状元。

一个人一旦被赋予了某种头衔,就注定被迫接受某种期待。每个人都在期待,都在好奇,期待状元会比别人成长得更优秀,好奇他的未来会怎样与众不同。

毕业散伙饭,酒过三巡之后,老班长躲开众人,独自蜷缩在角落里对着玻璃杯自言自语:今后只想当一个普通人。

"对不起,我注定会辜负你的期待。"这是老班长那个夏天最大的心事。

我们从小就被期待很多,比如,要比其他的孩子更懂事,要比其他的同学学习更好,要比同龄人更优秀。大人们茶余饭后的话题永远离不开本该无忧无虑的孩子。

我们曾单纯地以为,只要长大了就可以主宰命运。后来发现原来不管我们怎样努力,只是长大了一些的孩子,永远过不了真正的大人去定义的生活。

我很讨厌用一些词汇来定义我们的人生,成功、优秀、普通、平庸……究竟怎样的人生更成功,怎样的人生才是平庸?

没有人能够给我们一个真正的答案。连我们自己也不能。每当我们达到了一个目标之后,又会有另一个目标在等着我们,成功永远在前面,我们好像怎么追也追不上。于是大多人都在自我否定中过着平庸的生活。

3

很多年以后,我再次见到老班长时,他果然辜负了众人的期待,偏安家乡一隅,开了一家颇有特色的小酒馆。生意不算好,常常门可罗雀。认识他的人都为他惋惜。原来曾经的状元，也可以如此惨淡收场。

我去过小酒馆一次，门面不大，装修得有些古朴，老班长只雇了一个伙计。伙计平日打杂，老班长负责调酒。

彼时的老班长已经是当初我们邻班女孩的丈夫。他不像别人口中的颓萎，相反，他依旧青衫白鞋，少年依旧，眼角眉梢都是幸福的模样。

跟他聊过之后，我才得知全市状元是故事的前半截，而真正精彩的是故事的后半截。老班长大学毕业，就回到县城，与当初留在家乡的邻班女孩结了婚，过起了日出而作、日落而息的普通得不能再普通的生活。

老班长说："这才是我想要的生活。"

我猜想老班长一定说过很多次对不起。对不起父母，我辜负了你们的期待；对不起老师，我辜负了你们的教导；对不起……那些满怀期待的人，我没有活成你们期待的样子。

生活在尘世，我们总是太在乎别人的眼光，别人认为我们好不好，我的人生在别人的眼中是不是绚烂的模样。

其实生活如人饮水，冷热自知。有人说，这世上本没有感同身受。所有人的喜怒哀惧都属于自己，世上的每一滴眼泪都是为自己而流。

但人生就是这样，给了你一万种艰难险阻，纵使头破血流也无法逾越，好在它给了我们最后一张底牌——每个人的路都由自己去走，选择让自己最舒服的一种方式，是我们为自己做得最体贴的一件事。

"这世上只有一种成功，就是能够用自己喜欢的方式度过一生。"我们不需要为谁而成为怎样的人，不需要为谁而选择哪一条路，生活是自己的，没人可以左右我们存在的方式。

如果一定要对什么有所期待的话，那就是——但愿我们都不用被期待挟持，活出自己想要的模样。

⊙ 每个人的路都由自己去走,选择让自己最舒服的一种方式,是我们为自己做得最体贴的一件事。

认真地瘦,优雅地活

》 小富女 / 文

减肥的日子里,你是一枚天天必跑 20 圈的"自虐党",还是顿顿只吃三粒米的"苦行僧"?可是,任何反自然和逆生理的行为,都并不能长久,而一味地扼杀欲望,只会导致它有朝一日的疯狂反扑。

其实,减肥的过程,大可以愉悦又美好。欲望不可能被消灭,但我们却可以聪明地转化它。

1

把欲望融化在吃的艺术里。

越减越肥的人,往往把欲望融化在吃里;而边吃边瘦的人,往往懂得把欲望融化在吃的艺术里。

究竟怎样才叫吃的艺术呢?

先来看看我喜欢的生活美学大师蒋勋老师平常做的一道菜。他说：

> 我有时在周休日会在家里做一道菜，先将蒜切成很薄很薄的蒜片，加上橄榄油爆得香香的；用你的嗅觉感觉到它已经熟透了，这时放进切碎的洋葱，把洋葱炒到金黄色，洋葱的香味加上蒜爆香的香味……接着把揉碎的月桂叶放进去，又有一种不同的香味飘出来……这时我把所有烫好、剥过皮的鲜红番茄切碎放进锅，加水、加胡椒……此时，离一锅红彤彤的意大利海鲜汤，大概还有五分之四的距离吧。

原来对于美学大师而言，吃，不是从食物上桌、开始咀嚼的那一刻开始，而是从葱姜叶的选择和餐盘的美学搭配开始。他吃的，岂止是一锅海鲜汤，简直是一场洋葱、月桂、番茄、胡椒的欢聚盛宴，一锅小火慢熬、越香越红的岁月见证，甚至是月桂皮的前世今生，一次古希腊女神变成月桂树的文化溯源……

可这样吃真的能让人瘦吗？当然。当吃这个过程被充分延长时，你的欲望就在各种色彩斑斓的碗碟中、飘香四溢的食材间和有趣好玩的故事里，一点点被消融、吞噬掉。

你先用眼睛饱食了一遍，再用触觉感知了一遍，又用嗅觉浅尝了一遍，最后才到嘴和胃，其间，又用味蕾深深品味了一遍。如此，便是吃得不多，身心却也幸福而满足。

而且，颇为奇妙的是，当你捧着一碗如红霞落入白玉盘似的海鲜汤，将之放在你那铺着格子布的欧式餐桌中央，佐以轻音乐，伴着桌上的葡萄酒、鲜花和烛台，你会发现，你用餐的速度惊人地慢了下来。你绝不会一骨碌喝完整碗汤，或者大快朵颐、囫囵吞饭，你会真正像一个淑女，一切都优雅、精致、缓慢起来。而且，在这张写着"美学"二字的餐桌上，你是绝不会允许自己吃到"蠢胖"的。

2

保持，是懂得与欲望握手言和。

是的，除了"慢食"之外，生活美学里对于吃所讲究的第二大要点，就是"少而精"。蒋勋老师对此也有言。他说："吃到饱"，这绝对不合乎生活美学，我们应该是有所品味地去吃，很精致地去吃，不要把"吃到饱"作为进食的唯一目的。

说到"少而精"，我想讲讲一位闺蜜的故事。巧的是，她也正是我们身边，一位"生活美学"的忠实践行者。

和所有热爱生活的人一样，我的这位闺蜜朋友也是位美食达人，她喜欢在圈子里晒精致小巧的美食体验，泰式的、美式的、日式的、欧式的……那真是种别有情致的小而美。

我们都曾以为，她大概是那种怎么吃都不胖的天生傲娇体质。但

⊙ 保持，是懂得与欲望握手言和。

恰恰相反，女友其实原是位天生胖妞。大学那几年，开始美丽觉醒的她，也曾在各种减肥与复胖中苦苦挣扎，所谓"一入胖门深似海"，有时真是减肥容易保持难。

可是如今，她保持着甩掉20斤的胜利战果，已笑傲美食界十余年。要说经验，正是那句：欲望是不可能被绝对杀死的。所谓减肥并持续保持，不过是懂得与自身欲望的握手言和。

要说对美食的欲望，谁没有呢？可女友坚持三点要领：

第一，顿顿只吃八成饱，讲求少而精。饿了就来点低卡零食，少食多餐。

第二，坚决吃你所爱。有选择地吃，而绝不把自己当成填充食物的垃圾桶。

第三，过晚9点坚决不食，所有消夜一律拜拜。挚爱美食不能忍？明早吃！

女友说，刚开始要做到这些也不容易，面对着一桌可口美食，哪是吃到八成饱就可尽兴的。这就需要自己跟心里打个商量，问问自己："是想今天一次吃个够，从此继续步入减肥深渊周而复始无穷尽呢？还是今天咱们稍微控制控制，吃得开心美味又一身轻松无负担，没吃够的，咱大可以明天接着吃！"

身体当然是选择后者,这就是所谓的和欲望握手言和。当然,身体也不是每次都听话、懂事、识大体,所以有时候也需要借助外力,比如深陷一包薯片而手不能停时,她会大叫身旁的男友:快!快把我手里那包该死的薯片拿走!

然后呢,去洗个手,听听音乐,瞧瞧花草,照照镜子,理理衣柜,瞧,欲望一下就被转移了,并且是在对美的渴求中、在美的事物里消融的。久而久之,吃得节制而精致,变成了一种自然而然的生活习惯(有时候胖也是因为形成了另外一种生活惯性)。

女友在生活中是典型小资女性,她喜欢吃甜品,边上还伴着一杯红茶;她喜欢吃烤肉,口袋里总放着一些山楂;她和朋友吃火锅,八成饱时来杯酸奶……她说这些食物的组合真是浑然天成,如果你仔细去体会:它们在味蕾上,真是一种相生相合的绝妙搭配。

她也很遵循生活里的养生细节,饮食顺序是标准的从水果到汤,从蔬菜到米饭。她喜欢自己烹饪美食,她说这样既健康又有趣,还可以把卡路里掌握在自己手里。

女友唯一的运动,就是散步。但她坚持得很好,她喜欢在傍晚换上运动套装,塞着耳机,走在绿树如茵的公园里,静静地思考、深深地呼吸,或是细细观察身边的一切。

说起让普通减肥人如临大敌的甜品,女友倒是淡然得很(资深甜品控一枚)。她说:"如果用一点甜食,能够让你得到巨大的满足,那为什么不吃？我们不是去用甜食发泄、报复、填塞，而是用一小块甜品去拥抱更大的幸福和满足，那又有何不可？"

3

我们拼命变美，是为了更美的生活。

我们有多少人，在减肥的路上终究敌不过一块甜点、一餐美食，由一小口到一整块，再到越来越多、欲壑难填。

有时候我们吃的，真不知是食物本身，还是那难以言语的欲望，像填不满的空虚，像发泄式的报复，像无边的寂寞，像停下来的茫然无措……

可是饱食完，真的就幸福满足了吗？正相反，我们可能会由此陷入更大的负面情绪。

那么索性不吃吗？在减肥的岁月里长长久久做一枚"苦行僧"或"自虐狂"，这样的生活是你想要吗？

如果我们减肥和修身，是为了变成更好的自己，被这个世界温柔相待，由此过更好的生活，触及更美好的一切……那么为什么要本末倒置，不先从拥抱你身边的美好生活开始呢？

如果你喜欢美食，那就吃去！什么都吃，餐餐都吃，且大可以更美好、更讲究、更享受地吃。只是要留有余地，七八分饱其实最让你的肠胃欢喜。

如果你喜欢运动,那就去!选择你最感兴趣的,而不是最消耗卡路里的。因为"边玩边瘦"才是坚持不懈的绝佳神器,顺道还能焕发迷人的青春活力。

如果你不喜欢运动,那也没关系!投入到你喜欢的逛街、散步、逛公园、户外、旅游中去。走出去,动起来,才能触及世界更多元的美好。

如果你喜欢漂亮衣服,那就买!胖姑娘也可以收拾妥帖、精致得体;如果你喜欢弹琴、书画、陶艺、插花,那就去追求!生活的天地宽了,自然不至于总跟秤盘上的数字斤斤计较……

你去投入生活,拥抱生活,向美而生,艺术地活,你也将得到生活的馈赠,将收获一个大写的"瘦"字。这个"瘦"里,除了有更苗条,还应有更健康、更美丽、更自然、更优雅、更质感、更丰富、更珍爱自己、更珍重生活。

越减越肥的人,往往把欲望发泄在吃里;
边吃边瘦的人,懂得把欲望融化在吃的艺术里。

⊙ 我们拼命变美，是为了更美的生活。

通往沙漠的路上,站着想看大海的人

» 林一芙 / 文

2011年,我带着空履历和一摞话剧剧本去了厦门。

我大学读的是医学专业,专业成绩差强人意,却很喜欢写作。闲暇时,我给一家影视公司写剧本,只不过,影视公司的所谓"作者"是不予署名的,我们藏在各种花花绿绿的名字之下,成为每个项目背后的影子。

我曾经梦想着自己的原创作品能够光明正大地署上自己的名字被编排上舞台。这种梦想狂热到剧本中的角色甚至会半夜跳到我的梦中,情真意切地问"我们什么时候才能跟大家见面啊"。

可按照医学院的人生规划,我应该在毕业之后进到某家医院,然后从事一份我说不上喜欢也说不上讨厌的职业。

正好当时有一家厦门的剧团看中了我的原创剧本。我在心里问自己：要去吗？

我问这个问题的时候，前所未有地认真，认真到我自己都忍不住想笑。那是我人生最迷茫的时候，毕业在即，远在天边的梦想与唾手可得的面包之间，我总要选择一个。

我心里有两个小人。

一个小人说，我想去。

另一个小人说，我同意第一个人。

其实我心里早已有了答案。我像一个奔着大海而去的人，却在一个岔路口先去了沙漠。沙漠的风景很美，可是我还是想去看看心里的大海。

就这样，我壮着胆子离开了故乡，脑袋里比拟出一个踏上征程的英雄，断了回头路。

一切都如我所料的，不太顺利。

剧团派来接洽的小导演姓伍，原来是学声乐的。这是他独立导演的第二部话剧。

他的笔记本记得细细密密，却总在关键的时候忘记演员的调度。

他已经定点好的灯光，却在排戏时五彩缤纷地乱闪，导致进度不得不再次停滞。

他应对问题的魄力不够，演员在排练时插科打诨甚至迟到早退，他想说上几句，但话到嘴边又默默咽下去。

因为经验不足，一群演员在他的带领下，排练了多次，仍搞混了上下场口。

小伍显然不是很了解剧本。他来找我谈的时候直截了当地说："编剧老师，这个场景我做出来效果不太好，你可不可以稍微改一改？"

而我那时候也是个菜鸟，一心想着不要在别人面前露怯，心里想的却是：你一个搞声乐的为什么来做导演？没有这个金刚钻干吗揽这瓷器活儿？

可剧本还是要改的，我每天都在和自己死磕中度过。

在小伍的质疑下，我每天一边写着新章节一边推翻自己昨天的作品，不止一次萌生出"为什么我要转行"的想法。

我无比沮丧地想着，或许我高估了自己的天分，或许自己根本不具璞玉之资。

最沮丧的时候，我看了岛田洋七写的《超级阿嬷的信》。书里说："如果不知道自己想要干什么，就先工作。只要工作，就可以得到米、酱、酱油、朋友和信任。可以一边工作，一边寻找真正想干的事，千万不要游手好闲。"

人活一口气。我给自己列了一张表，总结了自己可以参考的编剧网站，然后把小伍提出的每一个问题做了记录，决定改到他满意为止。

既然踏出了这一步，就不能总想着回头，否则多孬啊。

就这样,我每天很"菜鸟"地改剧本,小伍每天很"菜鸟"地排戏。时间久了,冲突多了,加上在陌生的地方举目无亲,我们反而成了能聊得来的好友。

厦门的夏天,坐在宿舍外的台阶上,会有风声过耳。一个学声乐的导演和一个学医的作者聊起了各自的过往。

小伍是学声乐的科班生,小时候一直梦想着要做个歌手。

那时候的歌唱选秀节目,还不流行问"你的梦想是什么",也没有导师转椅子的环节。学生时代的小伍每年要参加好几场选秀节目,无一例外,都会在要上电视的前一轮被刷掉。他的歌声在专业歌者中显得资质平庸,也没有长相和身高的加持。而他的家庭——一个闽东小县城的普通家庭,能培养出一个学声乐的孩子已经是异数,再也拿不出钱让他去深造。

某年春节回家,他发现自己已经到了要给小孩红包的年纪,双手一插兜,却没有多少钱。亲戚都围在家里问他做什么,他只能一脸局促地说:"做音乐。"

那时,做戏剧的朋友正好缺一个助手。因为小伍曾在院校排演过剧目,朋友希望他能帮忙。

他就这么稀里糊涂地做了导演,在电话里向父母汇报:"我现在在导戏……"

父母松了一口气,觉得儿子和小镇里摆大戏的一样,在大城市里

⊙ 旧梦失去，有新侣做伴。

做上了一个正经的活儿。

没能继续最初的梦想有点遗憾，但小伍很卖力地扮演着一个合格导演的角色。

有演员嗓子不好，他排练后去买罗汉果，还泡了一大杯带到排练现场，让大家都多喝一点，提前预防。

他用DV把每一场排练录下来，晚上带回到宿舍里重看。笔记依然密密麻麻，但随着排练的次数递增，变得清晰而有重点。

"很羡慕你能一直追自己的梦想并且越来越接近成功，但是我也不差，我的梦想就是我现在在做的事情。"在2011年厦门的海风里，他拍着胸脯这样告诉我。

他挺忙的，根本没空理睬那些捏泡泡一样消失的梦想，埋头应对一个又一个重燃的期待。

就像《南海姑娘》里面唱的："旧梦失去，有新侣做伴。"

演出的前一天，我们凌晨1点到达剧场。

一排破落的霓虹灯箱，时亮时暗，写着"××会堂"——这就是我们要演出的地方。

剧场特意叫了一个守夜人帮我们开了剧场门，我们摸黑按开开关，场灯亮起，"唰"地一下，全场被灯光充满。

那沉默的灯光都是这个寂静深夜里的观众。

观众席的椅套有破的有缺的，可这有什么关系呢？等明天坐满了人，不就看不到了吗？

试麦克风的时候，小伍随口哼了一句歌，声音在空旷的剧场里回荡。我发觉他的歌声比我想象中的要好听。

我们的戏剧如期在剧场上演。票务都是经验丰富的老手，票自然没有卖得太差，但也绝对没有卖得太好。

但演出那天我站在台侧，感受到了一种从未获得的成就感——我望着舞台，像站在高山上仰望脚下的每一块土地那样清晰、热烈。我转身看到小伍，他一个人蹲在台侧，监督着谢幕时最后一根杆的起落，认真得迷人。

我们都是一心想看大海的人，却都一不小心错进了美丽的沙漠。我还想向着大海奔跑，而他在沙漠里扎根，我们都做出了自己觉得当下最正确的选择。

其实人生还真的没有下坡路。唯一会让人滑下坡的，是你选择停下来，任由自己接受命运的自由落体。

现在偶尔还会在朋友圈里看到小伍的近况，他已经成为副导演，跟着剧组在全国各地跑，合作的团队里不乏声名在外的圈中高手。

我也在努力靠近梦想的生活模式。2016 年，我出版了一本关于梦想的书。新书分享会上，刚毕业的学生问我："我现在很迷茫，感觉自己离最初的梦想越来越远，该怎么办？"

这个问题瞬间将我拉回了 2011 年在厦门吹海风的日子。那时候的

⊙ 我们都是一心想看大海的人,却都一不小心错进了美丽的沙漠。

我和小伍,都在离梦想很远的地方,手上能与生活抗衡的唯一武器,是我们都在努力并相信未来会好起来。

《致青春》里,陈孝正形容他的人生:"我的人生是一栋只能建造一次的楼房,我必须让它精确无比,不能有一厘米差池。我太紧张,太害怕走错了路。"

可是人生哪里有绝对的精确,就算是规行矩步的人生,也有偶尔脱轨的时候。

不尽如人意的生活里,"走错路"再平常不过了。如果把每个人的生活都写成一本书,在故事的开始,每个人心里都有着自己的大海。但故事的结尾,有人去了草原,有人去了沙漠,有人熄火在了去大海的路上。

想看大海的我,曾经形单影只地站在沙漠里。可是因为还想要去看大海,就决定继续前行。

想要看大海的小伍,在路过沙漠的时候发现了沙漠的精美绝伦,就决定停下来扎根。

我们做出了不同的选择,但很庆幸,我们都没有停下自己的脚步。我没有在沙漠里故步自封,他也没有在沙漠里浅尝辄止。

我们没有活成想要的样子,但那有什么关系。能够好好地把梦做过一场,即使姿态不够好看,也已是睥睨四方的人生赢家了。

只要我们有可能在明天活成今天想要的模样,不就有力量继续走下去吗?

幸福就是，以自己的方式定义生活

» 小木头 / 文

碰见一位许久不见的朋友，跟我讲的第一句话就是："我最近受你影响好大！"

他说："我作为一个 28 岁高龄的单身直男，开始一丝不苟地整理房间了，而且特意买了个扫地机器人，窗明几净果然心情好啊。""而且我还在断舍离——还得偷偷地，怕被我妈知道，把我的东西再给捡回来。发现把自己的空间整理得简单清爽一点，整个世界都开阔了！哪怕再忙，也会在阳光灿烂的日子里，特意跑到窗户边去喝杯咖啡，工作日午休不再窝在办公室了，去楼下的公园散散步，看看花儿红了叶儿绿了，过一下慢生活……"

我听罢呵呵笑起来，既开心，又骄傲。

并不是因为自己影响了其他人的生活就有多么了不起。重要的是，我觉得他在生活中品尝到点滴小甜蜜，我也觉得甜甜的。

他说:"家还是那个家,我的生活好像也跟从前没有太大的变化,但不一样的是,我觉得幸福感提升了,真真切切。"

周围90后的小朋友很多,常听他们说的一句话就是:"我要是有钱就好了!"

刚毕业没几年,生活压力可以想见,要吃饭要租房要社交要购物,入不敷出,月光是很普通的。他们希望过上高品质的生活,希望口袋里的钱能够"想买啥就买啥",一点都不奇怪。

只不过,即便有了钱,很多人的生活就真的会幸福吗?

我觉得答案未必是肯定的。

有个小朋友跟我说,自己过得很压抑,很苦恼,年纪轻轻就觉得已经老了,暮气沉沉。

他是1992年出生的。

他描述一天的生活,大概是这样子的:

跟人合租了一套房子,老房子,光线不好,房间也很逼仄,回去觉得很压抑,下了班宁愿在外面转转,或者在办公室打游戏。家里没有生活,只是个睡觉的地方。

从来没在家里做过饭,一天三顿不是路边摊,就是吃外卖,贵且难吃,但是就可以节省很多时间啊——用来玩手机。

晚上当然会熬夜。手机上有太多有趣的东西了，刷手机到两三点，是常态。所以白天都是没精神的，脸色不太好，前段时间发现自己大把掉头发，有点慌。

社交生活基本没有，以前大学时经常一起玩的朋友，如今都在忙着自己的人生，一年见不到一两次。新朋友没怎么认识，公司团建也懒得去。

除了特别必要的事情，一般不见人。网店解决大部分购物需求，连买水果这种事都在美团上搞定，如果有人打电话来会很惶恐，宁愿在微信里聊，才觉得心安……

我笑着问他："所以，如果有了钱，会解决大部分问题吗？"

他想了一会儿，摇摇头："最多也就是外卖升级成 30 块的标准吧，哈哈！"

是啊，如果有钱的话，物质品质的确可以提升，但是幸福感并不会立刻飙升——因为从生活中享受幸福的种种可能，已经被他们压榨到渣都不剩。

我们日常定义的幸福，很多是跟人之间的交往，无论是爱人还是朋友。那种心灵相通，情投意合，会让我们内心产生巨大的愉悦感，是幸福的一个侧面。

但是现在很多人，却已经"不怎么见人"了。很多年轻人太多地投入单向感情,看手机里的喜怒哀乐,却很少能够得到反馈,无法感受到那种真真切切的喜悦或者悲伤,这大概也是很多人自称"佛系"的主要原因。他们离真切的情感越来越远。

给自己做一顿美味的饭菜,把房间收拾得干干净净,去旅行去游玩,无论跟朋友一起还是独自去,看看世界,感受大自然,哪怕不去马尔代夫、普吉岛那么昂贵的地方,至少可以在春天的时候去郊外踏青,在夏天的时候去公园里玩玩水,虽然廉价,享受的心情也不会差别太大。

我生活的城市里,有一个叫"五龙潭"的公园,坐落在市中心,外面是车水马龙,嘈杂喧嚣,但是一进公园,就立刻感到一种奇异的静谧。

这里绿树成荫,泉水叮咚,还有一处特别棒的亲水乐园,水不深,大人孩子们挽起裤腿在里面玩水枪、打水仗,每个人脸上都洋溢着无价的笑容。

这样的情形,我看过很多很多次,所以,这5块钱门票的享受,真的比5000块的海边旅游线路差吗?

并不是。

重要的是投入的心情,和享受过程。

成年人已经变得很复杂,会用商品价格去判断价值。孩子们却不会。给他一个小水洼,和带他去巴厘岛的海边,他体验到的快乐不会有天壤之别,而是相差无几。因为他会特别投入,特别快乐。

我家附近有山,天气好的时候,几乎每个周末我们都去爬山。

⊙ 有一天,若是你能用自己来定义幸福,把生活过成最适合自己的样子,那才是真的特别美的一件事情。

以喜欢的方式去生活

春天看着迎春花灿烂地迎接我们，秋天看着叶子变红变黄色彩斑斓，夏天听着各种小虫儿在鸣叫……

偶尔，我会特意准备一点零食、水果，去野餐。

走累了，铺开野餐毯，几块蛋糕，一点水果，泡一壶茶，三个人一起吃吃喝喝，看夕阳渐渐落下，欢声笑语回荡在山间。

我不知道别人定义的幸福周末是什么样子的，于我而言，这就是幸福。

所以，定义幸福到底以什么为标准呢？

是生活环境，是金钱物质，还是别人的目光？

都不是。

是我们自己，是我们是否用心地去生活，去品尝生活中的酸甜苦辣，去感受日常的欢欣愉悦。

如果有一天，我们能够真切地感受生活，感受微风拂面的轻柔，享受一个清晨的舒爽，给自己几分钟和绚烂的晚霞相看两不厌，约个时间跟朋友一起喝喝茶聊聊天吃吃饭，享受心领神会的快乐……那又何尝不是幸福呢？

生活是自己的，心情更是自己的。

有一天，若是你能用自己的方式来定义幸福，把生活过成最适合自己的样子，那才是真的特别美的一件事情。

你不用非要等到有钱了才能幸福。有些幸福，是花钱也买不到的。

⊙ 生活是自己的，心情更是自己的。

做自己喜欢的事情，才是理想人生的捷径

» 蓑依 / 文

如果丢给我同学一个问题，从小学同学到硕士同学都可以，问他们：你们觉得蓑依将来最可能做什么工作？我猜，在他们的印象中，我最应该成为老师，因为我父母是老师，而且我还是学师范专业的；或许，我还应该成为一名编剧，我硕士读的这个专业，找个对口的工作看起来也合情合理；再或者，我应该是位作家，每天写写东西、出出书，毕竟我从小就喜欢写作。

但他们万万想不到的是：我做了电视。从小到大，我身边没有一个人是做电视的，也没有听说过谁的朋友或者亲戚在电视行业。对别人来说，我的这个选择会是一个"天大的意外"，但对我自己来说，却是再自然不过，就像一粒种子，可能有些时候你忘记了它的存在，可它从没有放弃过成长。

1

小时候我们家很穷,按照我妈妈的说法,两块钱的鸡蛋都买不起,还要去借。但是就在这样的情况下,等我们家稍微有了一点钱之后,做的第一件事就是买了一台彩色电视机,当时整个村子里都轰动了,很多小孩子都会跑到我家来看电视。到现在我爸妈都解释不清楚为什么当时要买那么个贵而"无用"的东西,但当我回头看时,我觉得这是命运的安排,是我梦想的起跑线。

有了电视机之后,我每天的课余时间,基本上全都在电视机前度过,通过电视看MV,看电视剧,看新闻,看电影,那个神奇的小盒子无时无刻不在吸引着我,小伙伴找我去做游戏或者买好吃的东西,我一定是不去的,放学之后,马上跑回家坐在电视机前。当时父母兼职做生意,很忙,也顾不上管我,给了我无限的自由。

但真正让我从被动接受电视给我的一切信息,到我主动、有意识地去"掌控"电视,还是读初中的时候。那一两年的时间里,我着了魔一样,不再看音乐MV,不再看电视剧,也不看新闻,每次打开电视,只看一个频道——CCTV-3综艺频道。这个频道每天滚动播出各种类型的综艺节目,我目不转睛地盯着电视屏幕,一个节目都不想错过,哪怕是相声,我其实并不喜欢听,也会很老实地坐着听他们讲完。综艺频道,是我很偏执地喜欢和选择的,但为什么会这样,我并不知道。

这个疑惑直到高中才解开,才有了答案。因为是重点高中,所以班上的学生都是各个学校的尖子生,在那么多优秀的人面前,我的成绩还是比较靠后的,压力可想而知。

但在那段时间,我没有找父母哭诉,也没有自甘堕落。有一天下了晚自习之后,我找了一家打印店,用彩色的纸,把董卿、周涛、朱军、撒贝宁、李咏、白岩松、王小丫这几位央视主持人的照片打印出来,夹在自己的课本里面,每当心情低落,每当想放弃的时候就拿出来看。也就是在那一刻,我才猛然意识到:初中那两年,吸引我看综艺频道的原因是什么?是我喜欢那几位主持人,是因为那几位主持人就是我想要成为的人,我想像他们一样自信、睿智、光芒四射。

所以等到高二分班的时候,我毅然决然地选择要去艺术班,因为艺术班里有一个分支是可以学传媒的。但是我的这个选择遭到了父母和老师的激烈阻挠,因为在他们的眼里,只有成绩差的人才学艺术走捷径,而我,作为成绩不错的学生,好好学习文化课,才是正确的道路。

那个时候,我其实对未来没有什么概念,虽然心里想着一定要学传媒、学电视,可也担心万一大学都上不了怎么办。于是很乖地听从了他们"为我好"的建议,去读了文科,很顺从地放弃了电视。

这是我第一次放弃电视,虽然是被动的。那时,我不懂得:你放弃第一次,就会有第二次;有被动放弃,就会有主动放弃。

2

果然,如父母和老师所料,我顺利考入了一所大学的中文系,虽然在填报高考志愿的时候,我还是想要报考稍微和电视相关的专业,但发现并没有合适的。读了中文系,就开始了按部就班地去做和文学相关的工作,在这个过程中,我对综艺节目的爱好有增无减,只要打开电脑,一定会看综艺节目,所以导致现在我在电影和电视剧方面的知识储备非常欠缺。

等到大学毕业时,我准备考研,第一个想法就是我一定要报考传媒类的学校,就是那颗吊着的心,怎么也放不下。我花了两个多月的时间准备相关的书籍之后,发现这对我来说,是一件太难的事情,因为我对电视的基础知识完全不了解,一点点地学起,很难让我考到一所相对较好的学校,而那个时候,我的目标是北大。这一次,没有任何人的干预,我自觉放弃了它,我甚至很确定,我怕是和电视再也无缘了。

后来,我读研究生时,读的也是文学类的专业,和电视没有任何关系,包括我曾经试图考博士,也考的是文学。我曾经满怀希望地认为:只要我认认真真地读书,读完大学读硕士,读完硕士读博士,读完博士,能够在大学里面做老师,就是我最理想的生活了,所以哪怕文学专业并不是我的第一个选择,哪怕我放弃了我痴爱的电视,也没有关系,因为一切都奔着"大学老师"的生活目标而去的。

但是现实狠狠地给了我一巴掌——我没有考上博士,并且因为某

☉ 你喜欢的东西,哪怕看起来再遥远,再不可能,只要你去做,
  只要你敢去追求,它实现起来要容易得多。

些原因，我知道未来几年，我肯定还是考不上。我放弃电视争取来的机会，就这样被现实剥得片甲不留。我记得在我收到考博结果的那天，哭了整整一个下午，不只是没有考上，更多的是在想：你为什么没有勇气去做自己想做的事情？这是不是上天给我的一个惩罚或者点醒？它在告诉我：不做自己喜欢的事情，违背自己的心去做事，是可耻的，也一定是失败的。

那好吧，既然倾其所有、费尽心力去做的事情失败了，那就破釜沉舟，去做自己喜欢的事情吧；既然应该做的事情尽力了，那就去做想做的事情吧。

说起来很可笑，从我第一次意识到我喜欢做电视，到我真正接触电视，中间经历了差不多15年的时间。也就是说，这15年，是我逃避电视，逃避我心中所爱的15年。

我曾经以为现实一些，就会活得很好；后来发现，你现实，命运对你更现实。

3

2016年6月18日，我拿到了硕士毕业证书；2016年6月20日，我入职了一家电视公司，成为一名"小白导演"。

我记得面试的时候，制片人问我："作为一名非传媒专业的学生，你凭什么可以脱颖而出？"

我当时马上脱口而出:"因为我喜欢,我热爱,我对电视有热情。"

幸亏制片人给了我面子,没有继续问下去,如果她问我:"如何证明你喜欢?你为这份喜欢做了哪些功课呢?"我肯定颜面尽失,天天把喜欢电视挂在嘴边,但连电视相关的实习也没有过。

还算幸运,我顺利地入职了一支央视节目团队。起点非常好,但是过程很糟糕,当我真正着手导演的工作时,我发现,我什么都不会,不懂字幕,不知道宣传片,连台本的格式都不知道是怎样的。

最开始的几个月,每天以泪洗面。职场如战场,没有人等你慢慢学习,团队要的是你能最快速度地成长。

那段时间,就像参加了一场泥泞跑道上的百米比赛,脚下踩着厚重的泥泞,人家都在往前飞奔,我连走起来都很吃力,有时候遇到下雨天,泪水和雨水灌满全身,但不能停,趔趄着一步步往前走。

记得有一次去见嘉宾,嘉宾看着我充血的双眼说:"你多久没睡了?"我这才意识到至少 48 个小时没合眼;我记得当时为了找一个在节目中用的胶带,我试了不下 40 种,可是无论怎么试,都不合适,到最后马上要录制的时候,我自责得号啕大哭;我记得自己好几次从垃圾箱里捡别人扔掉的台本,为了多收集一些,多参考一些,也就是在那段时间,我手机经常卡机,因为他们经常谈论某个问题的时候,我听不懂,只能录下来,有时间的时候再回听。

六个月的时间,说起来,真的像过了六年一样漫长。我每天都在焦虑中醒来,在自责中睡去,或者带着对自己的不满,整夜失眠。

⊙ 有的人生像一粒种子，可能有时候你忘记了它的存在，可它从没有放弃过成长。

那个时候，我就想：肯定是上天在惩罚我，我本来有几次机会可以早早选择走上电视这条路，慢慢积累，本不需要在 26 岁的时候还像个小学生一样，从"字母拼音"学起。与此同时，我也在想：幸亏在我 26 岁的时候，我抓住了也许是我人生最后一次机会，破釜沉舟地走上了这条路，然后不放弃，敢拼，飞速地成长。

电视没有辜负我。半年之后，我调到另外一个知名的节目组，再次从头做起，但这一次，一年之内做了两档节目，而每档节目，我都是录制嘉宾数量最多、质量最好的。每当有人问我你做电视多久的时候，我几乎从来不说事实上只有一年半时间，我习惯回答：15 年——从我痴迷于看电视的那一刻开始。

很多人的愿望是以自己喜欢的方式过一生，但我想这个愿望应该有一个前提，就是：你敢于直面自己的喜欢，并且敢于去追逐自己的喜欢。

在过去的十几年里，其实很多时候，我都是在逃避自己喜欢电视这件事，因为我觉得不可能实现，理想太过遥远，所以我转身兢兢业业去追寻唾手可得的、很实际的东西。但是到头来却发现：你喜欢的东西，哪怕看起来再遥远，再不可能，只要你去做，只要你敢去追求，它实现起来要容易得多，因为你和它之间有一种天然的吸引力，有一种与命运共生的默契。

当你尝到了因为追逐喜欢的事物而产生的幸福感时，你会对这种感觉上瘾，它会刺激你对美好的事物永远垂涎，会让你对完成更大的愿望保持饥渴感，会推着你实现更自由的人生。

无论何时,
我们都要做自己想做的事情,
爱自己想爱的人,
愉悦开怀地过好自己的日子。

图书在版编目（CIP）数据

以喜欢的方式去生活 / 慈怀读书会著． —— 北京：中国友谊出版公司，2019.5

ISBN 978-7-5057-4700-5

Ⅰ．①以… Ⅱ．①慈… Ⅲ．①散文集－中国－当代 Ⅳ．① I267

中国版本图书馆 CIP 数据核字 (2019) 第 069665 号

书名	以喜欢的方式去生活
作者	慈怀读书会
出版	中国友谊出版公司
发行	中国友谊出版公司
经销	新华书店
印刷	辽宁虎驰科技传媒有限公司
规格	880×1230 毫米　32 开 7.5 印张　155 千字
版次	2019 年 7 月第 1 版
印次	2019 年 7 月第 1 次印刷
书号	ISBN 978-7-5057-4700-5
定价	48.00 元
地址	北京市朝阳区西坝河南里 17 号楼
邮编	100028
电话	(010) 64678009

版权所有，翻版必究
如发现印装质量问题，可联系调换
电话　(010) 59799930-601